達令的法語小樂園

法國人妻用彩圖與俗諺，
帶你領略道地的法式生活

Renren 圖‧文

序　我用圖畫讓
「法文是世界最浪漫語言」成真！

　　不懂法語的人普遍都覺得法語聽起來就像法國人的性格，好性感、好浪漫！在還沒認識老公、一句法文都蹦不出來之前，我也是這麼認為的。由於想要與法國的家人更加親近（其實根本分別住在台灣、法國兩地XD），以及為了申請法國國籍，我才踏入學習法文的「不歸路」，這才發現以往認為的「法文是世界最浪漫語言」，只是無知的幻想！其實法文是個極注重精確性與嚴格規則的語言，3、5年的學習還不足以駕馭它。同樣的，人們對於法國人的刻板印象——浪漫、不愛洗澡、高傲不愛講英文、注重美食……等，有時也只是因為不了解而產生的誤會。出版這本書的目的是想藉機掀開「法語」「法國庶民文化」以及「異國婚姻」這些看似神秘又美好的面紗，透過詼諧輕鬆的方式讓眾人了解台法文化相遇時所產生的衝突、趣事和妥協。

　　話說回來，這本《達令的法語小樂園》並不是一本法文學習書！全書以一年12個月區分出12個主題，每個主題各有兩篇根據本人的真實生活經驗，以及配合法國時事或習俗所撰寫的文章。除此之外，每個月份都附上12到13個與主題相關的法文短句與中

英文翻譯，並且搭配我親手繪製的插畫，利用圖畫來演繹每個短句的寓意，好讓大家輕鬆理解並牢牢記住。這些短句大部分是從法國網站上搜集而來，是深受法國人喜愛的短句或雋永名言，能幫助各位認識實用的法文，同時窺見法國人的生活哲學。全書包含法語單字教學「用中文烙法文」的中文諧音和插圖，全都是我絞盡腦汁想出來最接近標準的發音，以及可與各個短句相呼應的手繪作品，這對於一向不愛動腦的我來說，這真是一大挑戰啊！希望勤奮筆耕下犧牲的腦細胞都能適得其所地搏君一笑。

　　2016年年底，如何出版社的編輯們看到我在臉書專頁刊登的「法文每日一句」（citation du jour）而有了出版這本書的發想。將近半年多的時間，除了一些零星的接案工作外，我幾乎傾全力來完成這本書。尋找繪畫跟寫文章的靈感，遠比畫畫本身艱難許多；因為個性傲嬌又愛抱怨，所以每當找不到靈感時，老公就成了最大的受害者。平常除了輔導（挑剔）我的法文之外，還要忍受不時的精神騷擾，在這裡說一聲：「Momo ~ merci beaucoup!」。

　　在這個很多人不再讀紙本書的時代，謝謝如何出版社勇敢地選擇默默無聞的我，讓我出版插畫書的夢想成真──蕙婷讀完每篇文章後的感想、緯蓉細心的校稿跟建議都給天生沒自信的我莫大的鼓勵，相信自己的作文還可以（哈）。我更要謝謝「達令的法語時間」的臉書朋友們，每天幫我發表的插畫讚聲支持，是你們給了我最大最大的動力，讓我能堅持理想繼續畫下去！

　　最後就請各位以輕鬆的心情，不需按照月份或順序，好好享受這趟法文之旅吧！Amusez-vous bien!

CONTENTS

Mon mari est un vrai gourmand.

法國人的食物地雷百百種

　　Renren的老公來自一個充滿麵包與美食的國度。記得8年前他剛搬來台灣時常講：「你們吃的麵包不是真的麵包，這些最多只能叫作糕點（pâtisserie）。」我們住的地方算是老台北區，雖然離家方圓500公尺內就有5家麵包店，但是除了吐司之外，都買不到能讓老公滿意的麵包；舉凡常見的菠蘿麵包、蔥花麵包、熱狗麵包、紅豆麵包、肉鬆麵包等，都只能算是點心或糕餅。偶爾買到店家心血來潮製作的長棍麵包（baguette）時，老公還會捏一捏，然後下一個千篇一律的結論：「這個麵包皮不夠硬（脆）。沒辦法，你們台灣太潮濕了！」

　　有一陣子因為老公太想念家鄉味麵包，還自己揉麵、醒麵，費事地做了他滿意的鄉村麵包。對法國人來說，麵包就好比米飯之於台灣人那般重要！老公不只吃沙拉、牛排、烤雞、烤魚或義大利麵都要配麵包，就連Renren最拿手的咖哩飯，他也一定切個兩片麵包來配飯。各位一定也覺得澱粉（麵包）配澱粉（飯）很奇怪?!但老公就是堅持麵包與白飯是不一樣的東西，不能互相取代。有了這兩樣碳水化合物的加持，Renren和老公的體重不負眾望地直線上升了（哭）。

　　Renren家大量消耗的食物除了麵包之外，起司（fromage）、芥末醬（moutarde）跟橄欖油也是經常補充的食材。跟台灣人吃

臭豆腐或臭臭鍋一樣，老公對於越臭的起司越喜歡。但，若是起司的入門者，則建議選比較好入口的卡門貝爾（Camembert）或是布利乾酪（Brie）！在Renren的公婆家，起司盤是一道在「主餐後甜點前」不可或缺的小品。曾經聽過一句法國諺語：「沒有起司的餐後甜點，就好比一位缺了顆眼睛的美人。」由此可知起司在法國人心中的地位非常崇高啊！

此外，老公對芥末醬的選擇也跟麵包一樣，非得要法國風不可！市面販售的美國、德國、日本芥末醬，他一律不接受，一定要是從法國第戎（Dijon）進口的才行。在我們家，芥末醬除了直接拿來當醬料，更常加上橄欖油與檸檬汁作成沙拉醬。不曉得其他駐台老外的情形，但Renren發現老公吃橄欖油就像喝水一樣——越多越好。

　　雖然老公常說他不是一般傳統的法國人，但根據Renren這幾年來的觀察，他明明就是一位對食物很挑剔的法國人啊!!!舉例來說，台灣人常用來替馬鈴薯沙拉或是鳳梨蝦球增添風味的美乃滋（mayonnaise），對老公來說就是個大地雷。他非常吃不慣這種台式或日式的美乃滋。有一次Renren終於買到一罐英國進口的美乃滋，老公卻眉頭一皺很失望地說：「這根本不是美乃滋！美乃滋才不是白色的呢！」

　　一直到老公的妹妹來我們家長住一陣子還親自下廚之後，Renren才發現，原來法國的美乃滋是淺黃色，而且帶有淡淡的芥末香！事實上，法國的家常美乃滋，通常是用蛋黃、芥末、醋跟油製成，跟台式口味完全不同！

　　仔細想想，一位堅持美食的法國人來到異鄉生活，真的滿辛苦的（尤其他的太太又大而化之且漫不經心）。回想以前去歐洲旅行時，不到兩個禮拜Renren就因為開始想念家鄉味而歸心似箭。這麼一想，老公對Renren是真愛啊！寫完這篇文章，

Janvier

Renren開始深刻反省，感覺自己真的太散漫了。擇日不如撞日，就來烤一道老公年輕沒錢，剛到巴黎發展時常吃的法式鹹派（quiche），讓他解解鄉愁吧！

用中文烙法文

pâtisserie（趴踢捨ㄏ一）	糕餅
baguette（巴給特）	長棍麵包
moutarde（木塔喝的）	芥末醬
mayonnaise（媽有內滋）	美乃滋
quiche（丂意許）	法式鹹派

達令的法語小樂園　　011

La cuisine française est très variée parce qu'il y a plein de régions avec des plats différents.

沒吃過國王派，別說你了解法國美食

　　法國是知名的美食國度，隨便找一名路人，問他吃過或知道的法國料理，得到的答案應該會是：可頌、長棍麵包、可麗餅、烤田螺、鵝肝。再進階一點的有可能會回答：烤布雷、馬卡龍、紅酒燉牛肉跟普羅旺斯燉菜。不過，大家知道嗎？法國飲食文化也跟華人文化一樣，會依照節慶吃特別的食物。

　　過了12月的聖誕節和跨年的大日子之後，緊接著到來的是1月的宗教節慶：「主顯節」。原本每年的1月6號是主顯節，不過為了順應潮流，已經改訂在每年1月的第一個星期天來慶祝。主顯節是基督教的重要節日。聖經記載：在耶穌出生不久，有3位東方的賢士千里迢迢地來到伯利恆尋找聖母與剛出生的聖嬰，就在1月6號，在某個馬廄裡找到這對母子。法國的基督徒稱這3位賢士為國王，因此後來每到1月6號這一天，大家都會吃一種用千層派皮包杏仁糊內餡烘焙的國王派（galette des rois），來慶祝主耶穌基督降生為人後，首次顯現在外邦3位國王面前。主顯節即將到來前，法國的甜點店、麵包店會開始販售附上紙皇冠的國王派，每塊國王派裡也都會塞進一個小小的瓷偶（fève），吃到這個瓷偶的人就可以戴上紙皇冠當一天的國王，聽說會交好運一整年呢！

　　這個概念很像中國北方人過新年時，在水餃裡面放硬幣的傳統，吃到的人在新的一年會好比中大樂透一樣幸運。Renren跟老

公住在台灣，也遵循法國的傳統，在主顯節這一天買國王派來打牙祭（ㄷ～我們沒有玩國王遊戲喔><）。這幾年國王派在台灣比較常見了，一些專賣法國糕餅的名店或是法國連鎖麵包店（boulangerie）都有賣，各位不妨在12月底到1月初去店裡找一下，買個國王派吃吃看。

接著2月則是要吃可麗餅（crêpe）。聖經故事提到，剛生產完40天的聖母瑪莉亞，帶著小耶穌到耶路撒冷祈禱，而這天剛好是2月2號，所以天主教就把這一天訂為「聖燭節」，整天都要把蠟燭點燃，而且要小心不可以滅掉。同時，在這一天，法國家家戶戶都要煎可麗餅來吃（聽說比利時和瑞士也是）：一來是因為圓圓的可麗餅煎出來的金黃顏色象徵金色太陽，二來代表著光明，也就是耶穌基督再度降臨。

法國家常可麗餅跟大家在台灣常吃到的日式可麗餅不同，是柔軟且可輕易捲起來的圓餅，通常一次都做2、30片，吃的時候加上自己喜歡的配料，如：洋蔥、洋菇、鮭魚、火腿、鮮奶油、起司等；飯後甜點則用剩下的餅皮包上鮮奶油、巧克力醬或果

醬（真是一舉兩得！）老公曾經說過，可麗餅是所有法國小學生都會調配跟製作的食物，因為餅皮的材料只需要牛奶、麵粉、雞蛋跟鹽而已。不過Renren問了年屆20歲的法國姪女會不會做可麗餅，她居然說不會而且從來沒有做過！

　　法國東部的布列塔尼區是可麗餅的發源地，Renren第一次吃的法國可麗餅就在那一區。正宗的可麗餅有分黑麥粉的鹹口味，以及一般麵粉的甜口味，吃的時候一定要搭配蘋果酒（cidre）。台灣有不少專賣法國可麗餅的餐廳，有興趣的人請務必嘗試。

　　雖然台灣也跟法國一樣會依照時令節慶吃美食，不過Renren注意到，台灣年節會吃的食物，老公通常嘗試一次之後隔年就拒吃了！比方說，粽子、湯圓、春捲、月餅……這些他都敬謝不敏。唉，只能說法國人的舌頭真難取悅呀！

用中文烙法文

galette des rois（嘎雷特ㄅㄟˇ畫）　國王派
boulangerie（部龍嘴ㄏ一）　　　　麵包店
crêpe（咳欸ㄆ）　　　　　　　　　可麗餅、法式薄餅
cidre（吸得喝）　　　　　　　　　蘋果酒

En France, la cuisine est une forme sérieuse d'art et un sport national.

在法國，烹飪是一種嚴肅的藝術形式和全國性的運動。

In France, cooking is a serious art form and a national sport.

用中文烙法文

cuisine 哭一醒呢
〔名詞〕烹飪、廚房

sport 死波喝
〔名詞〕運動

用中文烙法文

honte 甕特
〔名詞〕恥辱、羞恥

manger 矇嘴
〔動詞〕吃

Qui a honte de manger
a honte de vivre.

羞於吃東西的人就是對生活感到慚愧。

He that is ashamed to eat is ashamed to live.

La cuisine, c'est comme l'amour,
il faut goûter à tout pour
reconnaître ce qui est bon.

烹飪好比愛情，必須品嘗一切才能分辨什麼是好的。

Cooking is like love, must try everything to recognise what is good.

用中文烙法文

amour 啊慕喝
〔名詞〕愛情

goûter 估鐵
〔動詞〕品嘗、領略

用中文烙法文

vin 放
〔名詞〕酒

paradis 趴哈底
〔名詞〕天堂

Renren法語小百科

亨利四世（1553-
1610）是法國波旁王
朝的創建者，他在位
期間的法國是歷史上
鮮有的太平盛世，而
且他喜愛美食，是位
名副其實的大胃王。

Bonne cuisine et bon vin,
c'est le paradis sur terre.

美食與美酒是地球上的天堂。 —— 亨利四世

Good food and good wine are paradise on earth.

Marie-toi avec quelqu'un qui cuisine bien. La beauté passe mais la faim ne passe pas.

跟一個懂得做菜的人結婚吧！美貌會消失，但是飢餓不會！

Marry someone who knows how to cook.
Looks go away but hunger doesn't.

用中文烙法文

marie 媽厂一
[動詞] 結婚
（原型動詞是marier 媽厂一耶）

beauté 波帖
[名詞] 美麗

ingrédient 尢桂底翁
[名詞] 材料、成分

bonne 蹦呢
[形容詞] 好棒的

*Le principal ingrédient pour
une bonne cuisine est l'amour.*

一道好料理的主要食材是愛情。

The main ingredient for good food is love.

Les calories ne comptent pas pendant le week-end.

週末攝取的熱量都不算數！

Calories don't be counted on week-ends!

calories 咖簍ㄏㄧ
［名詞］卡路里

week-end 烏一砍的
［名詞］週末（唸法跟英文一樣）

用中文烙法文

on 翁
〔名詞〕人們、我們、人家

gens 窘
〔名詞〕人

On ne peut pas faire de cuisine si l'on aime pas les gens.

沒有愛人的能力我們就無法做菜！

We can not cook food if we do not like people.

Le salé nous nourrit,
le sucré nous réjouit.

鹹食養人，甜食悅人。──皮埃爾‧艾爾梅
Salted food feeds us, the sweet delights us.

salé 撒壘
〔形容詞〕鹹的

sucré 蘇咳壘
〔形容詞〕甜的

Renren法語小百科

皮埃爾‧艾爾梅（Pierre Hermé）是法國著名的甜點師，他最著名的甜點就是混合玫瑰、荔枝和覆盆子夾心的Ispahan馬卡龍。

fois 法
[名詞] 次數

fromage 佛馬舉
[名詞] 起司

On ne vit qu'une fois. Mais si on le fait avec d'excellents fromages et du bon vin, une fois suffit.

我們只能活一次。

但，如果我們用好酒跟好的起司過日子，一次足矣。

We only live once. But if it is done with great cheeses and wine, once is enough.

La vie est comme un sandwich.
Vous devez le remplir des
meilleurs ingrédients.

人生就像三明治，你必須加入最好的材料。

Life is like a sandwich. You must fill it whit the best ingredients.

sandwich 松的五一曲
［名詞］三明治
（拼法跟英文一樣，但唸法不同）

remplir 轟匹喝
［動詞］填滿、填寫

Les gens qui aiment manger sont toujours les meilleures personnes.

愛吃的人永遠都是最好的人！

People who love to eat are always the best people.

用中文烙法文

aiment ㄟ麼
［ 動詞 ］喜歡、喜愛
（原型動詞是aimer ㄟ咩）

toujours 凸久呵
［ 副詞 ］永遠地、總是地

se nourrir 捨奴ㄏㄧ喝
〔動詞〕吃東西

besoin ㄅ司望
〔名詞〕需求、欲望

Se nourrir est un besoin,
savoir manger est un art.

吃是一種需要，懂得吃則是一門藝術。

Eating is a need, knowing how to eat is an art .

Les français ne sont pas forcement romantiques.

法式浪漫是什麼？能吃嗎？

　　每當新朋友得知Renren的老公是法國人時，大部分人的反應都很戲劇化，有時候甚至會感覺到背景冒出粉紅泡泡。接著他們還會問：「哇！妳老公是法國人，一定很浪漫齁？」其實在結婚之前，我也跟他們一樣，認為法國（男）人超級浪漫，還幻想過跟法國人CCR（異國戀），日常生活一定會像電影《艾蜜莉的異想世界》既夢幻又叫人羨慕！可惜天不從人願，跟科技宅男老公相處幾年下來，除了交往第一年之外，Renren幾乎感覺不到浪漫的滋味：什麼鮮花、巧克力、燭光晚餐，從來沒有在Renren的生活中出現過。

　　曾經認真地跟老公討論過「浪漫究竟是什麼？」天真的Renren心中所想的浪漫就像《慾望城市》影集最後一季裡的劇情，大人物先生追愛到巴黎，跟女主角凱莉上演愛情大和解。但老公卻覺得Renren這種小鼻子小眼睛的看法很膚淺。對從小深受哲學教育薰陶的他而言，浪漫其實是一種文學革命，講白了就是「浪漫主義」。接著，開始對Renren灌輸浪漫主義相關知識……（以下省略一千字）。總而言之，無視形式上跟消費主義的浪漫，就是他的處事原則，所以舉凡情人節、白色情人節、七夕，在我們家一律視為平常日子（哭）。

　　為什麼世間人都覺得法國人浪漫呢？Renren認為是因為法國

028　2月：愛情與婚姻

un chou pour mon chouchou.
一顆高麗菜獻給我的高麗菜。

法國人常稱呼親愛的另一半或是小孩、寵物為
mon chou / mon chouchou，也就是我的高麗菜。

人的文化與生活態度造就這種印象。舉例來說，他們看待感情的態度比較開放（並不是說他們跟任何人都可以有性行爲喔）。比方已經70好幾的公公婆婆，就主張年輕人要早點談戀愛。無論男生女生，如果16、7歲都還沒戀愛經驗會讓他們擔心。公婆特別解釋：「戀愛的經驗是需要累積的，不然將來因無知被騙吃虧的，可是自己啊！」這點還滿有道理的。

　　各位一定看過不少男女因網路交友被騙財騙色的新聞，其中大部分的受害者都是沒有戀愛經驗的生手。記得Renren跟當時還沒變成老公的男朋友一起赴法國探親，要離開的最後一天，當時的準婆婆送了一個小包裹。回到台灣之後，一打開這個禮物簡直驚呆了好幾十萬個細胞——小包裹裡放了一些香氛蠟燭跟一件性感的白色蕾絲內褲！原來法國的老人家也很重視情趣啊！

　　此外，隨心所欲也是法國民族給人浪漫印象的因素。無論國內或國外旅行，除了訂好住宿之外，老公完全不做也不希望Renren事前做旅遊計畫。他總是說，旅行一定要即興、靠感覺，否則就失去了旅行的樂趣！沒想到老公的妹妹跟姪女也是同一種人（其實公公婆婆也是！）。我曾經跟這3位法國人一起旅行2、3次，但是每次都被他們的太過隨性弄到玩興盡失。他們總是即興地睡過頭、即興地想在舒適的旅館上網，有一次還因爲天氣太冷、路程太遠而半路折返。原本Renren以爲只有老公一家人如此，但最近認識一對法國情侶，來台灣玩時也是隨性買了火車

票，連住宿都沒訂就從台北跑到太魯閣去觀光了。

　　抱怨了這麼多，其實老公每天還是會展現一點小浪漫啦！嗯，下班回家的時候會對身為老婆的Renren說：「我回來了，寶貝／親愛的／娃娃（代名詞隨心情改變）。」法國人稱呼親密的人、兒女或寵物常常會用暱稱代替名字。值得一提的是，法國網站有時還會統計近年來國民常用的暱稱排名喔！像是2016年的常用暱稱第一名是mon cœur（我的甜心）！

用中文烙法文

mon bébé （猛杯北）　我的寶貝

mon chou （猛噓五）　我的高麗菜

ma puce （馬舖死）　我的跳蚤

chéri(e)（薛厂一ˇ）　親愛的

mon cœur （猛嗑喝）　我的甜心

Apprendre le français est difficile, acquérir la nationalité française est encore plus difficile.

取得法國國籍路迢迢

　　跟老公結婚的第一年，曾與同樣住台灣的法國朋友們聚會，其中有一位也是嫁給法國先生，但法文說得很流利的台灣太太，在得知Renren開始學法文後就用不屑的表情問：「妳幹嘛學法文啊？」這件事讓玻璃心的Renren做了兩個決定：

❶ 一定要把法文學好。
❷ 不再跟這位看人低的太太有任何交流。

　　多年過去，卻只做到第2項！或許也有不少人跟上述的太太有同樣的問題，既然住在台灣為什麼要學法文呢？其實想學法文的動機很簡單——跟老公的家人比較容易溝通。畢竟用第三外語（英文）交流感覺還是有點隔閡。另一個動機就是遵從老公的願望取得法國國籍。或許，也有人會想問說，在台灣住得好好的，為什麼要拿法國國籍啊？其實Renren也問過老公相同的問題，老公的想法是：台灣的政治局勢一直都不穩定，要是有一天真的怎麼了總還有個地方可去～（老公啊！你口口聲聲說你是新台灣人愛台灣，怎麼這時候就叛逃了XD）。
　　根據法國政府規定，在法國境內跟法國國民結婚4年以上，或在法國以外的國家跟法國國民結婚5年以上的外國人，皆可申請法

藍色的小本子（Livret de famille）類似台灣的戶口名簿，前兩頁記載夫妻
倆的名字、父母、出生地跟結婚日期。接下來有一頁空白頁，預留註記配
偶死亡日期，再來有五頁雙面空白頁，用於登記即將出生的小孩。

國國籍。各位可能覺得這個規定看起來很寬鬆，但是實際上附帶的條件跟需要準備的文件繁瑣得令人望之卻步！

首先，申請者的法文程度需要達到政府的要求——這表示申請者得持續上語言課好讓法文能達到讀懂新聞、能與人在日常生活辯論的程度，並且要通過檢定考以取得正規的語言認證。接著要去辦良民證（這代表有犯罪紀錄的人不能變成法國人嗎？）、雙方出生證明，以及證明你們夫妻倆真的住在一起的文件，最後這些紀錄都要翻譯成法文寄到法國在台協會審查，過關之後夫妻倆還得到現場接受面試（當然是用法文）！

到目前為止，Renren的文件都準備得差不多，只剩一些文件的翻譯（但是怎麼翻都翻不完啊！）希望這本書出版的時候，Renren已經拿到法國身分證了XD。弔詭的是，Renren有一位也是嫁給駐台法國人的朋友，10幾年前她早就在完全不需要考試或準備任何文件的情況下，輕輕鬆鬆取得了法國國籍——有很大原因是，他們認識當時在移民機構工作的外派官員。所以說「靠關係」這件事不只華人圈才有，在西方文化中也一樣存在。

跟大部分的歐美國家相同，法國的婦女婚後也要改夫姓（但非硬性規定），不過Renren並沒有依法行事。想當初還被小姑質疑為什麼形式上沒有變成他們一家人。最後，奉勸同樣也是異國戀的讀者，即使對方會說你的語言，Renren仍強烈建議你，還是要學習他們的母語，不求流利道地，但至少日常生活可以溝通；

因爲語言是認識另一個文化的基本途徑，經由學習新的語言去了解異國文化與對方的思考模式，有了同理心才能減少因文化衝擊引起的摩擦。

époux（欵譜）	男配偶
épouse（欵譜絲）	女配偶
épouse-moi（欵譜絲魔阿）	嫁給我
lune de miel（綠的蜜耶）	蜜月

Aimer, ce n'est pas se regarder l'un l'autre, c'est regarder ensemble dans la même direction.

愛不在於彼此凝視，而是朝同個方向眺望 。─《小王子》

Love does not consist in gazing at each other,
but in looking outward together in the same direction.

用中文烙法文

regarder 呵嘎喝爹
［動詞］看

ensemble 翁聳伯
［副詞］共同、一起

Ne tombe pas amoureux de quelqu'un qui choisit les bons mots.
Tombe amoureux de celui qui dit ce qu'il fait .

別愛上甜言蜜語的人，找個說到做到的他談戀愛吧！

Do not fall in love with someone who chooses the right words.
Fall in love with the one who says what he does.

prier 批耶
〔動詞〕祈禱

avant 阿風
〔介詞〕在 ～之前

Il faut prier une fois avant de partir en guerre, deux fois avant de s'aventurer en mer, trois fois avant de se marier.

上戰場前，祈禱一次。出海前，祈禱兩次。結婚之前，祈禱三次 。

Before going to war, pray one time. Before going to sea, pray twice. Before getting married, pray three times.

Le plus beau vêtement qui puisse habiller une femme, ce sont les bras de l'homme qu'elle aime.

女性最漂亮的衣裳，莫過於她深愛的男人那雙臂彎。─聖羅蘭

The most beautiful clothes that can dress a woman are the arms of the man she loves.

用中文烙法文

vêtement 飛特蒙
〔名詞〕衣服

femme 放
〔名詞〕女人、太太

bras 霸
〔名詞〕臂彎

Renren法語小百科

伊夫‧聖羅蘭（Yves
Saint Laurent）是法國20
世紀最偉大的服裝設計
師，也就是台灣人熟知的
YSL。但是法國人不會說
YSL，他們會唸全名「伊
夫桑樓紅」。

Un bon mari ne se souvient jamais de l'âge de sa femme, mais de son anniversaire, toujours.

一個好老公從來不記得他老婆幾歲，
但一定永遠記得她的生日。

A good husband always remembers his wife's birthday but never remembers her age.

用中文烙法文

mari 馬ㄏㄧ
〔名詞〕老公

anniversaire 安妮非喝血喝
〔名詞〕生日、紀念日

Aimer c'est savoir dire je t'aime sans parler.

愛是懂得如何不用言語表達「我愛你」。

Love is knowing how to say "I love you" without speaking.

用中文烙法文

je t'aime 酒店麼
［句］我愛你

parler 趴喝壘
［動詞］說話

用中文烙法文

comme 控麼
［連接詞］好像

vite 密特
［副詞］快速地

En amour comme en cuisine,
ce qui est vite fait est mal fait.

愛情好比下廚，急就章就搞砸了！

In love is like in kitchen, you make it quick and mess it up.

La vie est une fleur, l'amour en est le miel.

人生如花，愛情如蜜。

Life is the flower for which love is the honey.

用中文烙法文

fleur 夫樂呵
〔名詞〕花兒

miel 蜜野
〔名詞〕蜂蜜

On compare souvent le mariage à une loterie. C'est une erreur, car à la loterie, on peut parfois gagner.

我們常把婚姻比喻成樂透。
這是不對的，因為我們有時候會贏樂透中大獎 。

We often compare the marriage with lottery. This is a mistake, because the lottery, we can win sometimes.

用中文烙法文

mariage 媽厂一亞舉
〔名詞〕婚姻

loterie 摟特厂一
〔名詞〕樂透

car 卡呵
〔名詞〕因為
（沒錯！就跟英文的車子一樣）

cherche 休阿噓
［動詞］尋找
（原型動詞是chercher 休阿皿）

trois ㄊㄨㄚˋ
［名詞］三、三個

Celui qui cherche une femme
belle, bonne et intelligente,
n'en cherche pas une mais trois.

有些男人尋找的理想女性要美麗、善良有智慧，
他們找的是三個女人不是一個。

Those who look for a beautiful,
kind and intelligent woman do not look for one but three.

Le mariage est comme le melon, c'est une question de chance.

婚姻好比一顆未剖開的甜瓜，一切都是機率問題。

Marriage is like an unopened melon, it is a question of luck.

用中文烙法文

melon 麼攏
［名詞］瓜、甜瓜

chance 熊死
［名詞］運氣、機率

Le vrai amour peut te rendre aveugle, mais il peut aussi t'ouvrir les yeux.

真愛可以使你盲目，但也可以讓你看清事實。

Real love will make you blind,
but if you let it, it can open your eyes.

用中文烙法文

aveugle 啊ㄈ葛了
［形容詞］瞎的、盲目的

yeux 一噁
［名詞］眼睛的複數，
其單數為œil (さ以)

Trop de politesse tue la politesse.

不可不知的法國日常禮儀

　　Renren成為職業插畫家之前，曾在台灣的科技公司服務好多年。隨著時間流轉，原來的菜鳥不免俗地被許多聯絡的廠商業務稱為「Renren姊」。其實他們都不知道，被這樣稱呼時人家可是一邊在心裡翻白眼一邊OS：「齁！本小姐也沒大你們幾歲，幹嘛叫姊?!」一直以來，Renren都不覺得在名字後面冠上「哥、姊」的職場文化值得讚賞，反而覺得帶有惡意。（Renren內心小劇場：寧願被叫「馬蛋」，也不想下半輩子一直被叫姊或姨！）

　　不僅如此，Renren的一些親友也常因為被叫XX哥、XX姊、或大哥大姊而導致內心的地雷大爆炸！在法國，這種可有可無的稱謂是不存在的。一般來說，女性只有兩種稱呼方式：女士／太太（madame）跟小姐（mademoiselle），稱呼男性只有一種：先生（monsieur）。女士與小姐的差別在結婚與否，跟年紀不太相關，對於4、50歲的未婚女性還是會稱呼她「小姐」。根據老公的說法，法國人都是目測對方有無結婚的感覺，來決定要稱呼眼前的女性為女士或小姐。那，Renren在法國時常被叫「女士」，是因為歐巴桑感太強了嗎？哭～

　　在資訊發達幾乎無國界的現今，相信大家都聽過「Bonjour」這個法文字吧！這個字有日安、你好的意思，一天24小時內只要見到人都可以使用。不過，一天內在同一個人身上只能使用一次

Bonjour；例如早上見到鄰居互道Bonjour之後，下午再碰到，就不能說 Bonjour，再說一次對方會覺得奇怪。在這種情況下，法國人會用「Rebonjour」來互相問好。

在法國時，Renren很喜歡獨自一人去散步或買菜，當走在路上不小心跟路人對到眼神時，對方一定會給一個微笑並說聲

Bonjour。本來Renren以為是遲來的桃花運終於在法國開花了（雖然已經身為人妻XD），回家後還很得意地跟老公炫耀，說路上的人一定是覺得Renren很可愛而過來打招呼！老公聽了之後啼笑皆非，還說Renren想太多了；原來，走在路上不小心跟人對到眼神

就要打招呼，是法國人的禮節啊！總而言之，Renren很喜歡法國這種互道日安的文化，就連去買東西結帳時，櫃檯的結帳人員也會以Bonjour 加上小姐／太太／先生作爲開場白，這雖然跟台灣商店常用的「歡迎光臨」大同小異，但是在問好之後加上一個稱謂總讓人有受重視的感覺。

大家都知道法國人很重視禮節，雖然Renren老公總說其實法國人並不優雅，尤其是巴黎人。這大概是因爲法國人總是坦率地說出自己的不滿吧！但是在日常生活中，老公比Renren還注重禮儀。跟老公相處了快9年，他從來不曾在人前打嗝或放屁過！而且他還認爲，不管是喝東西時或是像日本人吃拉麵那樣發出聲音，都是很野蠻的行爲。每次看到電視廣告中的女主角喝飲料發出「蛤～」的聲音，老公就會皺皺眉頭、一臉不齒。本來，Renren受這種在地文化影響，認爲喝東西發出聲音是暢快的表現。被老公多次批評「這是農婦的行爲」後（並沒有歧視農家的意思喔！），才漸漸改掉這個下意識動作。曾經問過老公，要是他想放屁或吃太飽要打嗝時怎麼辦？老公悠悠地回答：「那就去廁所解決啊！」幾年下來，Renren在老公嚴格訓練下，也養成了盡量不從身體部位發出聲音的習慣。（Renren的人生好ㄍㄧㄥ呀！）

最後，想來談談法國人的遲到文化。Renren第一次聽到這種奇妙的禮節是在法文課上。本來Renren認爲課本裡寫的東西不可盡信，沒想到參加過一些法國家庭聚會後，才發現法文課本沒有

騙人！一般而言，若你受邀請到法國人家裡作客，除了帶上鮮花或紅酒當伴手禮之外，記得千萬不要準時到，更不可以提早到人家家裡喔！晚到15分鐘是最完美的為客之道，理由是晚到一點點讓主人有充裕的時間準備。（這是從一開始就要展現優雅的意思嗎？）但是Renren發現，不只到人家家裡作客，身邊的法國朋友們連約在外面也會遲到個15分鐘，甚至半小時，不曉得這是法國人普遍的習慣，還是Renren跟老公的朋友都是遲到大王！

 用中文烙法文

bonjour（繃啾喝）	早安、日安、你好
rebonjour（喝繃啾喝）	再次問好
bonsoir（繃絲襪喝）	晚安、晚上好（類似英文的 Good evening）
au revoir（歐和夫阿喝）	再見
madame（馬蛋）	太太、女士
mademoiselle（媽的摸阿寫了）	小姐
monsieur（蒙洗痾）	先生
roter（齁鐵）	打嗝

健康，乾杯！

　　法國人是嗜酒的民族，這是普世公認的事實。根據2015年的統計，法國人每人一年要消耗將近12公升的酒精飲料。雖然這幾年根據官方調查，法國人的飲酒量已逐漸下降，但對於酒類的喜好依舊很執著。儘管適量的飲用紅酒有益健康，但許多法國人的不知節制也讓身體出狀況。慶幸的是，Renren的老公幾乎滴酒不沾（跟老婆相反），將來應該可以省下一筆治療酒精依賴或併發症的醫藥費吧！Renren的公婆則是比較傳統的法國人，除了早餐之外，其他兩餐都要配上紅酒，家裡更是擺放了為數眾多的紅白酒、威士忌，還有婆婆自己釀的莓果酒。不過現在年紀大了，為了健康也漸漸減少飲酒量了，一天大約只喝兩杯紅酒。

　　跟台灣相同，法國也實施全民健保，而且醫療技術十分先進。曾聽法文老師說過，他們每個家庭都有一位家庭醫生，並且保留著每位家庭成員從小到大的病歷。此外，到醫院就診前一定要先預約。根據一篇最近的醫學報導指出：法國有近9成的民眾在過去一年間看過醫生，但這其中有1/4的人認為其實自己並不需要看醫生（難道是為了打發時間嗎？）；更有7成以上的民眾承認，他們去看醫生只是為了尋求建議與意見。可能是因為大家太愛看醫生了，造成有些專科的預約大排長龍，有些病人都還沒等到就診，病就好了哩！

GROG
la recette de grand-mère

蘭姆酒 (Rhum)

肉桂 (Cannelle)

熱香料酒 (grog)

蜂蜜 (Miel)

檸檬 (Citron)

熱開水 (Eau chaude)

Grog 是一種用來舒緩發燒跟感冒前症狀的香料酒。法國人說這是老奶奶流傳的秘方（la recette de grand-mère），只要將一小杯蘭姆酒混入半顆現榨檸檬汁、兩匙蜂蜜、些許肉桂，最後加熱開水就可以喝了。喝了 grog 之後馬上蓋被子睡覺，會全身發汗，醒來就會感覺好一點了。但是感冒症狀都出來才喝就沒用囉！

　　除此之外，kiné（體療、運動療法醫生，相當於台灣的物理治療師）也是法國人常造訪的對象。但是，跟台灣的復健診所不同，體療診所沒有各式各樣的電擊用具（Renren的老公曾在台灣進行過一次療程，因為被電得很不舒服從此拒絕治療），通常就

是一張簡單的床，好讓治療師幫病患按摩。最多再加一顆很大的瑜伽彈簧球，好讓病患舒展身體。法國的醫療福利制度也照顧老年人，例如Renren每年跟公公見面時，他都會張開嘴巴展示年度禮物——新假牙。真心不騙，公公每年嘴裡都會多一顆閃亮的假牙！這是法國的醫療福利之一，每年老年人都可以免費植一顆牙（對牙齒差的Renren來說，真是一大福音呀！）

　　除了身體健康，Renren覺得法國人也滿注重心理健康的……為什麼這麼說呢？由於為了不與法文脫節，Renren每天都會固定從網路上收聽法國時事電台「Europe1」，每天一大清早（法國的半夜），會有位女性心理醫生花兩小時接聽聽眾的電話，解決他們的心理問題，甚至也開放其他聽眾參與，三方通話地提供建議。這些心裡不舒服需要發洩的聽眾，提出的問題琳瑯滿目：有超過70歲還無法克服少年時被父母虐待的門檻、愛上酒鬼卻無法離開對方、因為無法接受兒子出櫃而每日哭泣的……各種問題都有，而這位心理醫生都會耐心十足地分析、提供意見，所以常常2個小時下來只接了3位聽眾的電話！雖然台灣賣藥的廣播電台不少，但Renren相信這樣的節目並不常見。

　　此外，從2017年1月開始，法國規定新的器官捐贈法令：若生前沒有特別登記反對器官捐贈，過世的人一律視同為同意器官捐贈，即使是透過家人反對，家屬也必須向醫生交代談話的時空背景與內容，否則還是可以直接取用死者器官。法國一些時事節目

也開始討論強迫捐贈器官對家屬帶來的心理影響，例如，亡者屍骨未寒就要把器官捐出，這對生者情何以堪。

　　記得好幾年前，Renren的婆婆感慨地說：「年紀大了沒有一天覺得身體舒服暢快。要是有天早上醒來完全覺得不病不痛，那就表示我死了。」健康很重要，但是隨著年華老去，身體狀況大不如前也是很自然的事。不管你現在幾歲，衷心希望大家趁著還能唱歌的時候大聲唱歌，還能跳舞的時候快樂地跳舞吧！

用中文烙法文

santé（松鐵）	祝你健康 （喝酒時使用，類似「乾啦！」）
hôpital（歐匹塔了）	醫院
maladie（媽拉弟）	疾病
J'ai mal aux dents（姐罵了歐動）	我牙痛
J'ai mal à la tête（姐罵了啊拉鐵特）	我頭痛
J'ai mal au cœur（姐罵了歐嗑喝）	我噁心、不舒服
alcoolique（阿了摳理科）	酒鬼

用中文烙法文

en retard 翁喝塔喝
〔形容詞〕遲到的
moche 默許
〔形容詞〕醜陋的

Mieux vaut être belle mais en retard que d'être moche et à l'heure.

寧可美美地遲到，也不要披頭散髮地準時赴約。

Better be beautiful but late than being ugly and on time.

On est toujours jeune dans sa tête, en fin en tout cas jusqu'à ce qu'un jeune vous dise "pardon, madame".

我們總是認為自己還年輕，直到某天有人對妳說：
「不好意思喔～太太 / 女士 / XX姊」

We're always young inside the head,
until a child says to you "excuse-me, madame" in the end.

用中文烙法文

jeune 尊呢
　[形容詞] 年輕的；[名詞] 年輕人

pardon 趴喝董
　[名詞] 原諒、對不起

J'ai décidé d'être heureux parce que c'est bon pour la santé.

我決定要變得快樂，因為快樂有益健康。 ——伏爾泰

I've decided to be happy because it's good for my health.

用中文烙法文

décidé 哆喜爹
［過去分詞］決定

parce que 趴喝司可
［連接詞］因為

Renren法語小百科

伏爾泰（Voltaire）是法國18世紀有名的哲學家，
也是啟蒙運動發起者。他常說出很有道理的名句，
在抗議活動時常聽到的「我不同意你的說法，但我
誓死捍衛你說話的權利。」就是出自伏爾泰。聽說
他每天要喝40杯咖啡，當時他的醫生勸他少喝點，
因為咖啡是慢性毒藥。結果到了80歲伏爾泰還沒被
毒死，他有感而發地說：「咖啡的確是慢性毒藥，
藥效真的很慢！」最後他以84高齡逝世於巴黎。

pomme 碰麼
〔名詞〕蘋果

pomme de terre 碰麼的鐵喝
〔名詞〕馬鈴薯（字面上的意思是「地上的蘋果」）

médecin 咩的桑
〔名詞〕醫生

Une pomme par jour éloigne le médecin.

一日一蘋果，醫生遠離我。

An apple a day keeps the doctor away.

Deux choses ne s'apprécient bien que quand on ne les a plus : la santé et la jeunesse.

兩個我們失去後才會珍惜的東西：健康與青春

Two things we don't appreciate until they are gone: health and youth.

chose 秀死
［名詞］東西

jeunesse 尊捏死
［名詞］青春

用中文烙法文

péter 撇鐵
[動詞] 放屁

ventre 豐特喝
[名詞] 肚子

Mieux vaut péter en compagnie, qu'avoir mal au ventre tout seul!

寧願在眾人陪伴下放屁，也不要獨自鬧肚子！

Better farting in company
than having stomachache all alone!

corps 扣喝
〔 名詞 〕身體

endroit 翁朵啊
〔 名詞 〕 地點、地方

Prenez soin de votre corps,
c'est le seul endroit où vous
êtes obligé de vivre.

照顧好自己的身體，這是你必須居住的唯一地方。

Take care of your body. It's the only place you have to live.

Le bonheur, c'est avoir une bonne santé et une mauvaise mémoire.

幸福就是健康的身體加上糟糕的記憶力。

Happiness is good health and a bad memory.

用中文烙法文

mauvaise 磨非司
［形容詞］不好的

mémoire 咩摸啊喝
［名詞］記憶力、論文

Faire du sport régulièrement permet de mourir en meilleur santé.

定期做運動讓人死得更健康。

Playing sports regularly helps to die in better health.

用中文烙法文

régulièrement 黑古禮㑇喝猛
〔副詞〕有規律地、經常地

mourir 目厂一喝
〔動詞〕死亡

用中文烙法文

repas 喝怕

[名詞] 餐

petit ㄆ替

[形容詞] 小的

petit déjeuner ㄆ替爹窘內

[名詞] 早餐

（常有人唸成p'tit dej ㄆ踢爹舉）

Un repas sans vin, ça s'appelle un petit déjeuner.

沒有佐酒的一餐，我們叫它早點（是有多愛喝!!）

A meal without wine, we call it breakfast.

Notre personnalité sociale est une création de la pensée des autres.

我們的社會人格，其實是由別人的想法所創造出來的。
——普魯斯特

Our social personality is a creation of the thoughts of other people.

用中文烙法文

personnalité 撇松那裡鐵
［名詞］人格

création 葵啊兇
［名詞］創造物

Renren法語小百科

馬歇爾·普魯斯特（Marcel Proust）是法國很著名的意識流小說家，他最有名的作品就是《追憶似水年華》（À la recherche du temps perdu），這部小說一共有七卷，兩百多萬個字。他可以用四頁的篇幅描寫吃一塊瑪德蓮蛋糕的情景，如果當時作品是以字計費，他應該會成為千萬富翁（哈）。

sourire 蘇厂ㄧ喝
〔名詞〕微笑
compliment 空ㄆ裡猛
〔名詞〕讚美

*Prenez toujours un peu de
temps pour faire un sourire,
dire bonjour ou faire un compliment.*

永遠花一些時間微笑對人，向人問好或讚美對方。

Always take a little time to make a smile,
say hello or make a compliment.

愚人節起源自法國的「魚」人節！

　　4月1號是愚人節，在這一天可以輕鬆地開玩笑、作弄人。但是，各位可知道愚人節是起源於法國的節日？而愚人節時人們常做的惡作劇，法文直譯成中文叫「4月的魚」（Poisson d'avril）。16世紀以前，法國都是4月1號過新年，到了1564年，查理九世改了曆法並決定每年的1月1號為新年之始。這舉動引起全國譁然，民眾都無法接受。往後的一段時間無論是刻意，還是習慣使然，人們還是會在4月1號交換新年禮物。時間一久，這天就演變成互贈搞笑禮物的日子，其中又以送假魚居冠，而這就是愚人節的由來。至於為什麼會送魚呢？因為4月是天主教的四旬期／大齋期（carême），是復活節前40天準備期，這段期間禁吃肉類跟奶蛋，所以蛋白質就吃魚來攝取。大家為了補充營養，送禮就以食物為主。到了現代，法國的小朋友在愚人節這天惡作劇的基本款，就是剪一張魚形紙偷偷貼在別人的背上（各位覺得這個好玩嗎?!）此外，法國的糕餅店也會在這期間販賣魚形甜派喔！

　　除了美食、藝術跟浪漫這些刻板印象之外，各位曉不曉得法國也有很深厚的喜劇文化？17世紀的莫里哀（Molière）不僅是法國喜劇的創始者，更是西洋文學史上最偉大的喜劇作家之一。他的諷刺劇，例如《吝嗇鬼》《無病呻吟》，至今仍以舞台劇的形式在全球上演。而法國的庶民文化也深受許多近代幽默家

（humoriste，或稱喜劇表演家）影響。法國有種別具特色的表演叫作Sketch，或稱爲One man show，簡言之就是單人脫口秀啦！他們的脫口秀並不像過去台灣流行的那種互相調侃、嬉鬧的歌廳秀，而是以詼諧誇張的表演方式談論時事或自身經驗！這些表演多半在演藝廳上演，舞台上不會有太華麗的擺飾或大樂隊……通常就只有一位表演者跟一支麥克風而已。

　　Renren在上法文課時，老師介紹了一位法國有名的女性脫口秀表演者安・胡瑪諾夫（Anne Roumanoff）。她以一身紅衣及誇張的肢體語言聞名，網路上可以找到她的表演影片（可是沒有字幕）。爲了完成這篇文章，Renren諮詢老公的意見，想知道他口袋名單的幽默家有哪些，沒想到他說出來的人都超級老，表演影片全都是黑白的，而且學了5、6年法文的Renren，得看好多次才懂一半（台下的觀眾倒是笑得很開懷）。藉此也跟大家分享一下老公唯一崇拜的幽默家——柯呂許（Coluche），他的形象總是穿著吊帶褲、戴著圓眼鏡、頂著一頭捲髮。1970年，26歲的柯呂許開

始表演脫口秀，他談論的內容多以禁忌話題、道德價值、政治及社會現象為主。過了幾年，他的脫口秀搬上電視螢幕讓他一炮而紅！後來演藝事業更延伸到電影圈，在不少喜劇電影中都能看到他的身影。趁此機會Renren想推薦一部1970年代由法國喜劇泰斗路易‧德菲內斯（Louis de Funès）與柯呂許一起演出的電影《美食家》（L'Aile ou la Cuisse）。從這部電影中，大家可以看到法國美食、傳統馬戲團，同時可以了解到當時法國人為了維護美食文化，如何將嚴肅的議題轉變成詼諧的表達方式。柯呂許深受法國人民喜愛。1980年，他舉行了一場記者會，宣布參選隔年的總統大選與密特朗競爭，贏得了16%法國民眾的支持，也威脅到密特朗的聲勢，而且支持他的人有許多是學者跟哲學家。就連從來不參與總統選舉的Renren老公都說，有機會會想選他當總統。可惜他後來受到演藝事業夥伴的施壓（可能怕失去搖錢樹？）最後取消了總統大夢！1986年柯呂許不幸車禍過世，享年42歲！雖然如此，他的影響力仍延續到21世紀的法國，生前創立的愛心餐廳（Restos du Cœur），至今仍提供無家可歸的街友免費食物，讓他們可以得到溫飽。

　　雖然Renren不承認自己「崇法」「崇洋」，也不希望自己變成這種人，但是仔細想一想，台灣的庶民文化，例如，電影、綜藝、地方戲曲等等……除了李安、侯孝賢之外，還有多少是可以讓人抬頭挺胸介紹給外國人的呢？相信很多人都跟Renren一樣受

夠了劣質、充滿小模與無腦對話的綜藝節目而不再觀看，即便有人宣稱這是因爲經費不足、政府不幫忙，才會演變成這種表演型態。反觀法國的脫口秀文化，流行了快100年到現在還是很受歡迎，Renren就覺得有深度、能反應當今社會現象的表演永遠都不會退流行。或許台灣的流行文化表演者有必要跟柯呂許學習，不要在乎賺多少錢（因爲他們的薪資本來就比一般人高呀！），取而代之的是，多多思考一下，如何運用自己的影響力爲這個社會貢獻。不好意思，原本有趣的愚人節話題變嚴肅了呢。

用中文烙法文

poisson d'avril（噗啊送搭v厂一）	惡作劇
poisson（噗啊送）	魚
Pâques（帕可）	復活節
humoriste（淤某厂一 死特）	幽默家
resto（黑死頭）	餐廳（restaurant的暱稱）
SDF（ㄟ死爹ㄟ府）	無家可歸者（sans domicile fixe的縮寫）

法國人的幽默與吐槽在一線間

　　Renren經營了一個小小的臉書粉絲專頁，除了每天分享畫作之外，時不時還會把自己與老公的簡短對話放上粉絲團。原因無他，只是因為老公雖然平常不多話，但一出口就語不驚人死不休，這麼珍貴的「金玉良言」，一定要公開並好好保存！舉例來說，Renren有時會抱怨頭好痛，這時老公會突然插話：「所以你是肚子痛嗎？」（因為對吃很有興趣，所以老公總是說Renren的腦袋長在肚子上）又例如，前陣子去拔智齒，Renren比手畫腳跟老公表示那天晚上沒辦法開口說話，沒想到老公居然興高采烈地說：「太好了！今天晚上我身處天堂呀！」又或者，Renren前陣子法文檢定考高分通過，老公居然澆冷水說：「妳是不是作弊了？」雖然在臉書上分享，大家都覺得很好笑，但身為受害者，只覺得老公損人的吐槽功夫了不得！

　　其實不只Renren的老公，許多法國人的個性也這麼地尖酸、愛損人。曾經聽說有位法國朋友X先生到台灣，都會造訪某個理髮店理髮，有一回老闆禮貌性地問了：「X先生，今天來剪頭髮呀？」而這位X先生一聽大感莫名其妙，便想也不想地回答：「不是喔！我是來游泳的！」之後跟老公討論起這個話題，他很認同X先生的回應，這是因為法國文化跟台灣文化大不同，台灣人常會問一些無謂的問題，目的只是想表達熱情與歡迎，但是

對直來直往的法國人而言，問這種很怪的問題；像是到理髮廳問人家是不是要理髮、到咖啡廳問人家是不是要喝咖啡、去餐廳問人家是不是肚子餓了等等，是笨蛋才有的行為，所以他們也只能

用奇奇怪怪的方式來回答了。不過，Renren還是想小小的抱怨一下，既然都住在台灣了，有時候還是要好好地融入台灣人的生態文化吧！否則不理解法國文化的人一定會覺得這些人是在挑釁啊！

　　Renren說過，工作時常會收聽法國廣播節目，前面提到的女脫口秀表演家安‧胡瑪諾夫也主持一個廣播節目（好忙喔！要表演脫口秀，還要上電台廣播），她每天會假裝自己是製造麻煩的民眾，打電話給公家單位或營利場所來問問一般人對時事或爭議性人物的看法。此外，她也跟其他共事的主持人互相模仿政治人物，或是用幽默、諷刺的方式討論時事，例如談到2016年嶄露頭角的年輕法國政治人物艾曼紐埃爾‧馬克宏（Emmanuel Macron，2017年5月當選法國總統）的造勢活動時，主持人們開始質疑為什麼他每次都要用大聲吼叫的方式演講，其中一位就很冷靜地說：「因為馬克宏的太太是位老太婆，耳朵不太靈光，久而久之馬克宏就習慣了大吼大叫的講話方式（他太太是他的高中老師，兩人相差24歲）。」

　　又有一次，這幾位主持人討論美國歌手珍娜‧傑克森老蚌生珠，50歲才生了第一個孩子。於是大家開始七嘴八舌想知道為什麼她那麼老才想要生小孩，其中一個人靈光乍現：「我知道了啦！她哥哥麥可‧傑克森在世的時候，她哪敢生小孩啊?!」諷刺麥可‧傑克森的戀童癖。雖然這兩個例子都讓Renren笑到肚子

Avril

痛,但也很擔心這個廣播節目會不會被正義魔人檢舉XD。幸好法國人對這種既尖酸又諷刺的吐槽接受度很高,至今還未有聽眾打電話去抗議。Renren猜想,這種言論在台灣根本不可能被接受(雖然很有娛樂效果),民眾非常可能會打電話到NCC檢舉吧?!

　　結婚這幾年來,Renren多多少少也習慣了法國人的幽默,雖然總是那個被吐槽的一方,但這種方式也為平淡的生活帶來一些小火花。各位或許也可以學習法國人,用幽默的心態看待人生,無需太過沉重。

sarcastique
（傻喝咖死替可）　　諷刺的、譏諷的
（老公說法文沒有吐槽這個說法,最接近的就是這個字嘍!）

railler （哈伊耶）　　嘲笑、挖苦
rabat-joie（哈巴啾襪）　　愛潑冷水的人
drôle （剁了）　　好笑的
imbécile（骯悲喜了）　　很笨的
politique（坡里替可）　　政治
imitation（一米他熊）　　模仿

La plaisanterie expliquée cesse d'être plaisante.

經過解釋的笑話就不好笑了。

The joke explained is no more funny.

用中文烙法文

plaisanterie 普勒送特ㄏㄧ
〔名詞〕笑話

expliquée 唉咳司霹靂給
〔過去分詞〕經過解釋的

colère 摳疊喝
〔名詞〕憤怒、生氣
maquillée 媽ㄎㄧ也
〔形容詞〕化妝的

L'humour est presque toujours la colère maquillée.

幽默差不多就是化了妝的怒氣。

Humor is almost anger with its make-up on.

Une journée sans rire est une journée perdue.

沒有笑聲的一天，等於浪費了一天。

A day without laughter is a day wasted.

用中文烙法文

journée 啾喝捏
〔名詞〕日子

rire 厂一喝
〔名詞〕笑聲；〔動詞〕笑

essuie-glace ㄟ需一歌拉斯
[名詞] 汽車的雨刷

pluie 噗嚕一
[名詞] 雨

Le rire, comme les essuie-glaces,
permet d'avancer même
s'il n'arrête pas la pluie.

笑聲好比雨刷，雖然它無法讓雨停止，卻使我們繼續向前進。

Laughter is like a windshield wiper,
it doesn't stop the rain but allows us to keep going.

Les soucis d'aujourd'hui sont les plaisanteries de demain.
Rions-en donc tout de suite.

今日的煩憂將是明日的玩笑話，所以讓我們立刻笑吧！

The worries of today are the jokes of tomorrow.
Let's laugh right away.

用中文烙法文

aujourd'hui 歐啾喝賭已
[副詞] 今天

souci 蘇西
[名詞] 煩惱

Mesdames, un conseil:
Si vous cherchez un homme
beau, riche et intelligent...
prenez-en trois !

女士們，一個建議：如果您們要找個帥氣、多金、有智慧的
男人，那就找三個吧！——柯呂許

Ladies, an advice. If you are looking for a handsome, rich
and intelligent man ... take three!

用中文烙法文

mesdames 咩蛋麼
［名詞］女士們

conseil 空寫耶
［名詞］建議

Renren法語小百科

柯呂許（Coluche）是文章
中提到的法國喜劇泰斗，
雖然過世多年，但他的名
言仍常被後人所引用。

noyer 呢哇也
〔動詞〕淹死、溺死

chagrin 蝦港
〔名詞〕悲傷

J'essaye de noyer mon chagrin dans l'alcool mais depuis le temps... Il a appris à nager.

我試著用酒精淹死我的憂傷，
但從那時候它（我的憂傷）學會了游泳。

I tried to drown my sorrows in alcohol but since then it learned how to swim.

—*Oh, j'adore ton gloss !*
  C'est quoi la marque ?
—*Gras de beignet.*

—噢，我愛你的唇蜜！這是什麼牌子？
—甜甜圈的油。

—Oh, I love your gloss! What is the brand?
—Donut grease.

用中文烙法文

gloss 哥漏死
〔名詞〕唇蜜

beignet 杯捏
〔名詞〕甜甜圈

用中文烙法文

humour 淤母呵
〔名詞〕幽默感

chemin 需乇莽
〔名詞〕道路、路線、途徑

L'humour est le plus court chemin d'un homme à un autre.

幽默感是拉近人們關係最短的捷徑。

Humor is the shortest way from one man to another.

Un de perdu, 10 de retrouvés...
ça marche que pour les kilos.

法國俗諺：「失去一個，找到十個」……這只適用體重。

One lost ten found... it only works for weight.

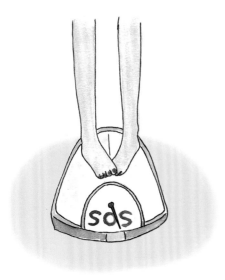

perdu 胚喝具
〔形容詞〕失去的

retrouvé 喝禿非
〔形容詞〕重新找到的

Renren法語小百科

Un de perdu, 10 de retrouvés 字面上是「失去一個，找到十個」，其引申義更接近中文的「天涯何處無芳草，何必單戀一枝花」。

Même les plus cons ont leur jour de gloire: leur anniversaire.

即使是大笨蛋也有其輝煌的一天：他們的生日。

Even the most stupid people have their days of glory: their birthday.

用中文烙法文

con 控
[名詞] 笨蛋、傻瓜；
[形容詞] 很笨的、愚蠢的
（題外話：Renren老公一學即會的第一個台語是「恁控控」，是因為台法的笨蛋發音一模一樣啊！）

jour 啾喝
[名詞] 日子

surtout 須喝吐
［副詞］特別是、尤其是

oxygène 喔客西倦呢
［名詞］氧氣

*La plupart des gens disent qu'on
a besoin d'amour pour vivre.
En fait, on a surtout besoin d'oxygène.*

大多數人說，我們需要愛才活得下去。
事實上，我們主要是靠氧氣。

Most people say we need love to live.
In fact, we mostly need oxygen.

N'oublie pas de m'offrir un brin de muguet le premier mai.

5月1號，別忘了送我一串鈴蘭花

在法國，5月1號也是勞動節（la fête du travail），這一天依照傳統，法國人會互送鈴蘭花，因為這一天也是鈴蘭節。這種春天才會綻放的花朵的花語是「幸福再度來臨」，所以互贈鈴蘭有傳遞幸福的意思。

16世紀時，法國國王查理九世打開了贈送鈴蘭花的風氣。至於為什麼要選在5月1號呢？有一說是因為鈴蘭在這一天開花。至於法訂勞動節的由來則是，因為1919年4月23號法國參議院拍板定案每日工時為8小時，為了慶祝這個前所未有的進步，最高議會宣布隔週，也就是5月1號全國勞工放有薪假一天，久而久之，這一天就變成了國定假日。

目前法國的勞動法規定每週勞工最高工時35個小時，如果工作超時可以累積加班時數申請休假，稱為RTT（Réduction du temps de travail）。 而根據2016年的統計，他們的基本薪資（SMIC）稅後將近四萬元台幣。各位讀者看到這邊一定很羨慕法國勞工朋友吧?!但是別忘了，法國也是個高失業率的國家，100個人當中有10個人沒工作是很常見的事。Renren認識一些法國朋友大學畢業好幾年都找不到工作，還有的人只能去連鎖店當打工族。

2016年3月，歐蘭德政府提出將每週工時35小時變回39小時

的勞動法修改案，同時放寬雇主的權限，例如資遣員工或增加工時。這讓法國的工會與學生團體憤恨難平，相繼展開一連串的抗議活動。或許大家會問，為什麼學生也要參加這樣的抗議活動：這些高中生或大學生一離開校園就要找工作了，攸關自身權利的事情一定要自己爭取，這道理很簡單不是嗎？這也讓Renren想到，台灣近期的學生運動，雖然有不少家長出來反對說學生只要念書就好了，甚至還把他們貼上「暴民」的標籤，不過Renren真心覺得，跟法國的抗議者動不動就燒車子比起來，台灣的抗議活動真的很冷靜。

　　Renren因為老公工作受訓的關係，曾經夫唱婦隨地跟去拜訪巴黎的總公司。那時才發現他們的員工每天下班後都不會直接回家吃晚飯，而是跟同事及主管們去享受一下「apéro」，意思就是去酒吧喝一、兩杯酒，吃點小點心。這樣的公司文化在法國很常見，但孤僻的Renren應該會受不了這種黏踢踢的職場關係。在法國從事科技業的壓力不小，必須常加班，不是我們想像中的法國人那樣悠哉悠哉的——難怪老公總公司的儲藏室總是放了滿滿一堆啤酒跟烈酒，好讓壓力過大的員工一杯解千愁！

　　台灣也好、法國也好，工作的壓力一直都存在，並不會因為換了一個國家住而有所不同。唯一會有不同的，是紓解壓力的方式或是力求改變不合理的現狀。國外的月亮並沒有比較圓。Renren從事獨立插畫工作快五年了，也常遇到提案比稿或是幫潛

在客戶試畫的狀況，但大部分的時間都在做白工——花了不少時間思考跟畫圖，但若是被客戶退件也只能摸摸鼻子認了——收取鐘點費或工本費根本是天方夜譚。原本以爲法國會有更好的待遇，但根據有過相關工作經驗的老公說法，其實法國對待插畫業也是一樣的情況！看來藝術相關行業在這個世界上還滿難生存的，不過這就是人生囉！C'est la vie!

用中文烙法文

muguet（穆給）		鈴蘭花
bureau（逼烏猴）		辦公室
Au boulot！（歐晡簍）		上工囉！
gréve （桂匸）		罷工
chômage（休馬舉）		失業

罷工！法國人的日常！

　　2016年，台灣的重大新聞之一，應該是某大航空公司空服員為了爭取勞動權益而展開為期3天的罷飛活動。這次罷工是史上第一次取得合法罷工權，而且是實際發動施行的罷工活動。那3天真是舉國震驚，電視新聞不斷出現行程被影響的旅客在機場破口大罵的畫面。多數台灣人應該都跟Renren一樣不習慣罷工這件事，甚至作夢都沒想過要參加罷工活動，但對於勇於追求自身福祉的法國人而言，罷工或罷課是基本需求。簡單地說，就是「自己的權益自己救」的概念。

　　在法國，跟資方協調談判或是發起罷工活動的都是工會（syndicat）；目前法國有五個主要的大工會，而且每個企業的員工都可以選擇加入自己喜歡的工會。像老公的妹妹雖然是公務員（fonctionnaire）卻沒有加入屬於公職人員的工會，而是基於個人信念與喜好地選擇了1895年成立，號稱法國最老全國性工會的法國總工會（CGT）。

　　身為法國人的老公雖然常否認他是典型的法國人，但在1980年代他也曾為了反對新政府提高高等教育入學門檻、調漲大學註冊費及種種不被接受的改革方案，而參加過為期好幾天的大型高中生、大學生與老師教授組成的集體罷課罷工活動。聽老公說，那個時候全法國的教育界群起激憤，學校更是全面停課讓學生老

師們上街頭吶喊抗議！令人訝異的是，公公婆婆並不反對當時還是少年的老公參加這類抗爭活動。如果是Renren在學生時代也去參加罷課，爸媽一定會暴跳如雷，然後罵說：「我們繳學費居然讓妳去翹課!!」

　　與台灣的保守民風不同，在法國各行各業若遇到勞資條件不公平時都會發起罷工，除了經常上國際新聞的法國鐵路跟航空罷工之外，舉凡電視台、國營廣播電台，甚至護理師都會理所當然地罷工！這1、2年為了準備法文檢定考試，Renren都會收聽法國國營廣播電台（France Inter）以練習聽力，偶爾會有2、3個禮拜全天24小時只聽得到音樂，不過電台會很負責地插播事前的錄音，昭告聽眾說：他們正在罷工，很抱歉只能給大家聽音樂。另外，在不久之前，法國第二大新聞電視台i-Télé的新聞從業人員，也因為要爭取加薪而罷工了整整一個月。明白地說，他們有一個月沒薪水可領。Renren真心覺得法國人好有骨氣呀！

　　在法國 ，即便是平凡的受薪族都有不被企業雇主剝削的想法，這種概念其實從他們小時候的義務教育就根植了，例如學習法國歷史與了解法國大革命的起因。根據老公的解析以及Renren與法國人相處的經驗，大多數的法國人都認為，對一個事件或決定提出異議是好事，而能夠挺身發出不平之鳴或起而抗爭，更是法國人所謂的天賦人權。

　　Renren跟老公討論法國罷工文化時，提出的第一個問題就

是：「罷工不去上班不就沒薪水嗎？這樣不好吧！那月光族不就
要借錢度日了？」這時老公翻了一個大白眼悠悠地說：「世界上
有很多事比賺錢還重要！妳怎麼這麼愛錢吶?!」這只能說台法觀
念大不同嘍！但幸好到目前爲止老公很滿意他的工作，並不需要
獨自在台灣實行罷工運動，否則Renren就得瘋狂接案子，過著睡
不飽也吃不飽的苦日子了。

用中文烙法文

syndicat（桑低卡）	工會
fonctionnaire（豐顆胸餃喝）	公務員
salaire（沙壘喝）	薪水
salarié（沙拉ㄏㄧㄟˋ）	男性受薪族
salariée（沙拉ㄏㄧㄟˋ）	女性受薪族

用中文烙法文

choisissez 需哇洗寫
[動詞] 選擇
（原型動詞是choisir 虛哇洗喝）

travailler 拖啊夫哀耶
[動詞] 工作

Choisissez un travail que vous aimez et vous n'aurez pas à travailler un seul jour de votre vie.

選擇一個你愛的工作，這輩子你就再也不用工作了。

Choose a job you love, and you will never have to work a day in your life.

Les rêves donnent du travail.

夢想造就工作。

Dreams give work.

rêve 嘿ㄈ
〔名詞〕夢境，夢想

donnent 動呢
〔動詞〕給予、付出（原型動詞是donner 動餒）

用中文烙法文

de temps en temps 的痛聳痛
［副詞］有的時候

reposer 喝剖寫
［動詞］休息

De temps en temps, il faut se reposer de ne rien faire.

有時候，我們需要休息什麼都不做。

From time to time, you need to rest and do nothing.

La meilleure condition de travail, c'est les vacances.

最好的工作狀態，就是度假。

The best working condition, it's the holiday.

condition 恐低胸
〔名詞〕狀態

vacances 發恐死
〔名詞〕假期
（法文的假期一定要用複數）

Le monde appartient à ceux qui se lèvent tôt.

世界屬於那些早起的人。（早起的鳥兒有蟲吃）

The world belongs to those who get up early.

用中文烙法文

monde 夢的
〔名詞〕世界

tôt 透
〔副詞〕早的

用中文烙法文

succès 需可寫
〔名詞〕成功

dictionnaire 低可兇餒喝
〔名詞〕字典

Le seul lieu où le "succès"
précède le "travail" est le dictionnaire.

唯一一個「成功」排在「工作」前面的地方，
就是（英、法語）字典。

The only place "success" comes before "work" is in the dictionary.

Si de beaucoup travailler on devenait riche, les ânes auraient le bât doré.

如果大量的工作讓人變得富有，那麼驢子應該會有鑲金的馬鞍。

If working a lot makes us rich, donkeys must have the gold saddle.

À l'œuvre, on connaît l'ouvrier.

見活兒，識工匠。

We know the artisan by seeing his work.

用中文烙法文

œuvre 餓夫喝
〔名詞〕作品

ouvrier 烏ㄈㄏㄧ
〔名詞〕工人

Le lundi est à l'origine de tous les maux.

星期一是萬惡之源。

Monday is the cause of all evils.

用中文烙法文

lundi 嘲底
［名詞］星期一

origine 歐厂一俊
［名詞］源頭

用中文烙法文

sans cesse 聳屑死
［ 短句 ］不停地

fou 負
［ 形容詞 ］瘋狂的

La vie n'est pas le travail : travailler sans cesse rend fou.

人生不是工作，持續不斷的工作使人瘋狂。

Life is not work: working constantly drives one mad.

Si le travail c'est la santé, ben je préfère encore être malade !

如果工作代表健康 ，那我寧願一直生病！

If work is health, well I prefer being sick still.

santé 松鐵
〔名詞〕健康

malade 媽辣的
〔形容詞〕有病的

rien ㄏㄧㄤ
〔代詞〕沒有什麼東西

conserver 空些翡
〔動詞〕保存

Le travail c'est la santé,
ne rien faire, c'est la conserver.

工作代表健康，什麼都不做則是保持健康。

Work is health, to do nothing is to preserve it.

法國經典香頌絕對不老掉牙！

　　Renren曾聽到一些喜愛聽音樂的人說：「台灣一般咖啡廳或法式餐廳總是播放千篇一律老掉牙的法文歌曲，真是令人厭煩！」事實上，法文歌曲本來在台灣就不怎麼流行，除了愛來愛去的情歌，許多法國經典香頌的內容與當時的時事或庶民文化息息相關。

　　除此之外，法文對台灣人來說並不是個容易學會的語言，因此除非好好研讀歌詞，否則能夠有所共鳴的歌並不太多。多年前，Renren是個一天不聽音樂就渾身不對勁的愛樂發燒友，但是天不從人願，偏偏嫁給一個聽到音樂就會頭痛不舒服的理工宅。所以「夫唱婦隨」這種令人羨慕的婚姻在Renren的生命中並不會出現（哭～）。

　　除了台灣人比較熟知的法國歌手ZAZ、喬伊絲‧強納森，或旅日法國女歌手橘兒，Renren相信不少讀者也都知道愛迪‧琵雅芙（Edith Piaf）這位傳奇女明星吧？雖然早已作古50多年，但根據2016年一項法國人最愛歌手的調查，這位永遠的小麻雀（La Môme，法國人對琵雅芙的暱稱），仍然排名法國人最愛女歌手的前五名：其中台灣人熟知的英法語雙聲帶歌手席琳‧狄翁也名列其中。

　　至於男歌手排名，都是較資深、高齡或是早已過世的法語

Juin

歌手擠上前五名，例如，被稱作「最偉大比利時人」的雅克‧布雷爾（Jacques Brel）、戰後詩人歌手喬治‧巴頌（Georges Brassens）等人。不管是男歌手或女歌手的排名幾乎都是老牌唱將的天下，新生代的法國歌手，像是電影《貝禮一家》（La Famille Bélier）的女主角露安‧艾梅哈（Louane），或是型男創作歌手朱利安‧多雷（Julien Doré），都無法取代。

　　另一個有趣的觀察是，法國歌手跟台灣流行樂壇的歌手動不動就「封麥」或是退／淡出演藝圈的現象相反，大部分的法國歌手，不論男女，即便年紀很大了都還在唱歌，像是1943年出生，有法國貓王稱號的強尼‧哈立戴（Johnny Hallyday），一直到2016年時都還持續巡迴演唱。

　　另外，Renren很久以前就滿欣賞的老牌女明星茱麗葉‧葛瑞柯（Juliette Gréco），於2012年她85歲的高齡時，也發行了一張與年輕歌手合作的新專輯，隔年又再度發行一張全部由喬治‧巴頌創作的香頌專輯。雖然年紀增長，歌聲大不如前，但是Renren很佩服這些把歌唱當作終生志業在經營的藝術家們！

　　如果你喜歡音樂，又計畫在初夏去法國玩，千萬別錯過一年一度的夏至音樂節。這個音樂節名副其實，就是在夏天來臨的第一天舉行。在這天，每條大街小巷都有業餘或專業的音樂演出，到處充滿了歡樂的氣氛。

　　Renren有幸參與過一次（當聽眾），那時跟還是男友的老公

在巴黎街頭走了五個小時，只為了到處聽聽音樂、看看表演；現在想想，不愛音樂的理工宅老公當時應該覺得很無奈，但為了討好Renren這個瘋音樂的觀光客，只得耐著性子犧牲大半天陪聽完全無感的音樂。

chanson（胸頌）	歌曲、香頌
tube（禿伯）	熱門歌曲
chanteur（胸特喝）	男歌手
chanteuse（胸特死）	女歌手
môme（夢麼）	麻雀
fête de la musique（費特的啦謬洗可）	音樂節

J'aurais aimé être une artiste à Montparnasse pendant les années folles.

時光倒轉，我想當個在蒙帕納斯鬼混的藝術家

　　前陣子法文課上到「歷史」這個主題，老師要同學們回答：希望自己生在什麼時代，見證什麼歷史事件。Renren不假思索地回覆，想要生活在戰間期（Entre-deux-guerres）的法國巴黎蒙帕納斯區（Montparnasse）。戰間期指的是1918-1939年，自第一次世界大戰結束到第二次世界大戰爆發的這段時期。蒙帕納斯是位在塞納河左岸，於1920年代崛起的藝文區。一戰過後，許多當時還默默無聞、生活窮困的藝術家都搬到這裡居住，讓蒙帕納斯在20世紀初期充滿了熱情與奔放的創作氛圍。

　　除了畫家、雕塑家之外，當時的蒙帕納斯亦聚集了許多別具特色的咖啡廳、小酒館、各種藝術收藏家，以及藝術家的靈感來源——模特兒。在眾多模特兒當中，有一位人稱「蒙帕納斯女王」的奇女子琪琪（Kiki de Montparnasse）。或許聽過這號人物的人應該不多，但是也許有人曾經看過，如同右頁圖Renren臨摹美國攝影師曼·雷（Man Ray）的名作〈琪琪，安格爾的大提琴〉（Kiki, Le Violon d'Ingres）這張照片。沒錯，她就是當時眾多駐蒙帕納斯藝術家的繆思女神。

　　琪琪出生於1901年的鄉下地方，是由外婆養大的私生女，12歲時被母親接到巴黎打零工幫助家計。16歲時開始幫一位雕塑家擔任人體模特兒，這個決定開啟了她的另一個人生。琪琪以她

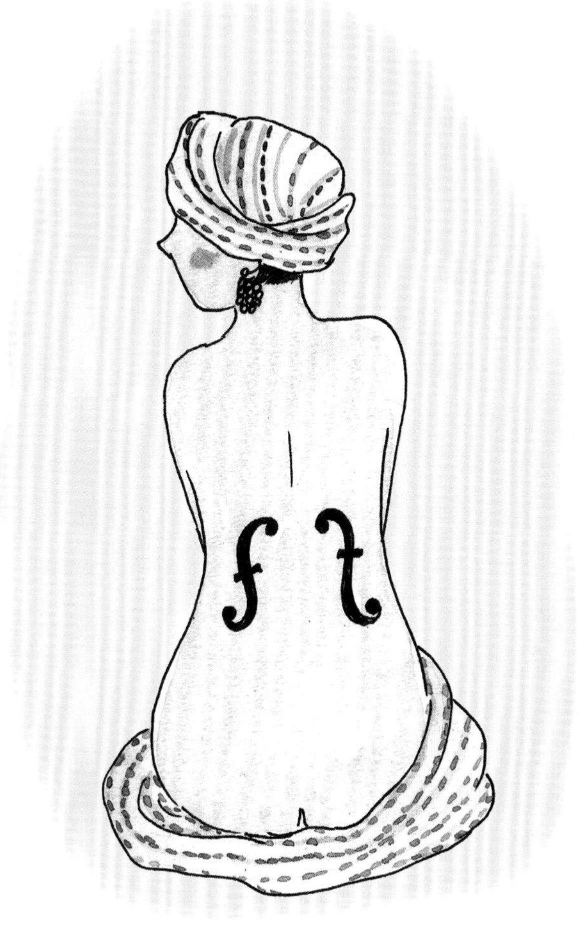

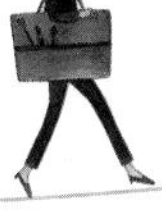

樂天的個性與白皙豐滿的外貌，吸引了許多藝術家找她當人體模特兒。義大利畫家莫迪里亞尼、猶太裔法國畫家蘇丁（Chaïm Soutine）、巴黎畫派名師莫依斯·基斯林（Moise Kisling）、跟琪琪有六年戀愛史的曼·雷，甚至連法國、日本都赫赫有名的藤田嗣治（Léonard Foujita）等人，在這些藝術家的作品中都不難找到琪琪的身影。

琪琪不僅從事模特兒一職，在耳濡目染下也學習繪畫，並且在酒館中有自己專屬的歌舞表演，甚至還拍了三部電影！1929年，不到30歲的琪琪出版了一本回憶錄（Des Souvenirs de Kiki），她請來藤田嗣治和美國著名作家海明威幫她寫序。不久，琪琪與曼·雷分手，嫁給一位出版商，她的輝煌時代便逐漸走下坡。後來的琪琪大多在夜總會表演，用微薄的薪水買酒跟迷幻藥。1953年，僅52歲的琪琪過世了，只有藤田嗣治和其他兩位朋友參加她的葬禮。

短短的十幾年間，琪琪這位蒙帕納斯的女王豐富了許多藝術家的創作，也讓法國藝術史多了繽紛的一頁*。2016年，日本導演請來偶像明星小田切讓演出藤田嗣治的傳記電影《藤田嗣治與乳白色的裸女》，其中就有不少描述琪琪的篇幅。實際上，藤田嗣治以琪琪為模特兒的作品〈裸臥的琪琪〉（Nu couché à la toile de Jouy），在 1922 年的巴黎秋季沙龍展上賣了極好的價錢，也讓藤田畫作中如陶瓷般的乳白色肌膚裸女，成為他的個人特色。在這

部電影裡飾演藤田嗣治的小田切讓，幾乎全程以法語演出，是一部不可錯過的好片子，各位不妨也趁著週末假期找來看看。

＊1920年代的法國巴黎，聚集了來自世界各地的畫家，
　在歐洲藝術史上稱為「巴黎畫派」。

用中文焙法文

artiste（啊喝替死特）	藝術家
Montparnasse（矇怕喝那斯）	蒙帕納斯
reine（嘿恩呢）	女王
modèle （摸爹了）	模特兒
cabaret（咖叭黑）	夜總會、酒店
toile（託啦了）	畫布

用中文烙法文

merci 咩喝喜
　[名詞]道謝、謝謝

écouteur 誒苦特喝
　[名詞]耳機

folle 否了
　[形容詞]發瘋的
　（陰性／形容女性）

Merci à mon écouteur. Ça m'empêche de devenir folle à cause des gens qui font du bruit.

謝謝我的耳機，它讓我在吵雜的人聲中免於瘋狂。

Thank you my earphone ~ which blocks me from all the unpleasant noise and unpleasant people.

La musique,
c'est du bruit qui pense.

音樂是經過思考的噪音。

Music is noise that thinks.

用中文烙法文

bruit 不依
〔名詞〕噪音

pense 碰死
〔動詞〕思考、想

（原型動詞是penser 澎寫）

La simplicité est le principe de l'art.

簡單是藝術的原則。

Simplicity is the principle of art.

用中文烙法文

simplicité 桑ㄆ裏吸鐵
［名詞］簡單、單純、天真

principe 鋪尤洗ㄆ
［名詞］原則

dans 洞
［介詞］在～裡面

passion 趴熊
［名詞］熱情

Vous ne pouvez rien faire
dans l'art sans passion.

沒有熱情，你在藝術裡就一事無成。

You can't do a thing in arts without passion.

La musique est l'aliment de l'amour.

音樂是愛情的糧食。

Music is the food of love.

用中文烙法文

musique 謬洗可
〔名詞〕音樂

aliment 阿里蒙
〔名詞〕食物、糧食

Le retard est la politesse des artistes.

遲到、拖稿是藝術家的禮節。

Delay is the politeness of the artists.

用中文烙法文

retard 喝塔喝
〔名詞〕遲到、耽擱

politesse 波里鐵絲
〔名詞〕禮節、有禮貌的行為

La peinture, c'est comme la merde; ça se sent, ça ne s'explique pas.

繪畫就像屎一樣；我們聞得到它，卻形容不出來。——羅德列克
Painting is like shit; it can be felt, it can not be explained.

用中文烙法文

peinture 胖苫喝
［名詞］繪畫、繪畫藝術

merde 咩喝的
［名詞］屎、糞便
（法國人常用的粗話，
類似中文「他媽的」）

Renren法語小百科

羅德列克（Henri De Toulouse-Lautrec）最知名的作品是19世紀後期為紅磨坊等多家夜總會所繪製的宣傳海報，不少小酒館或餐廳都會掛這些海報的複製品。羅德列克是法國貴族，可惜因年少時受傷，造成生長停滯，身高只有150公分。17歲時因為大學入學考試失利而轉向繪畫發展，他的母親幫他找了一位專門畫動物的名師，沒想到幾個月後，老師說羅德列克畫得太好，無法繼續教導他（Renren好羨慕這樣的天才呀！）。可惜他只活了短短的36年。「天妒英才」這句語不是說假的！

religion 喝哩窘
［名詞］宗教

menace 麼那死
［動詞］恐嚇、威脅
（原型動詞是menacer 麼那血）

La musique, la plus belle religion du monde où on ne menace ni ne promet.

音樂是全世界最美的宗教，
在音樂裡沒人威脅，也沒人承諾。

Music, the most beautiful religion in the world where no one threatens or promises.

Je photographie ce que je ne désire pas peindre, et je peins ce que je ne peux pas photographier.

我畫我無法拍攝的，而我拍攝我不想畫下來的。 —— 曼·雷

I paint what cannot be photographed,
and I photograph what I do not wish to paint.

用中文烙法文

photographier 否偷嘎夫一也
〔 動詞 〕 拍照

désire 爹喜喝
〔 動詞 〕 願意、想要
（原型動詞是désirer 爹喜黑）

Renren法語小百科

曼·雷是文章中提到蒙帕納斯女
王琪琪的情人之一。這位美國出
生的俄裔猶太人一直夢想成為畫
家，1920年代來到法國生活並且
從事繪畫創作，沒想到後來卻成
為攝影大師。

Renren法語小百科

位在巴黎第三區有一座畢卡索美術
館（Musée Picasso Paris），由
17世紀的豪宅改建而成。1974年，
畢卡索過世一年後，官方劃定為畢
卡索美術館。館內設有畢卡索的畫
作、雕塑、陶藝等常設展覽，不時
會有特殊展覽。這間美術館有時會
休館一段時間，建議想去參觀的人
最好先查詢開放日期並事先訂票。

Certains peintres transforment le soleil en un point jaune; d'autres transforment un point jaune en soleil.

有些畫家將太陽畫成一個黃色圓點；
有些則將黃色圓點轉化成太陽。——畢卡索

Some painters transform the sun into a yellow spot, others transform a yellow spot into the sun.

用中文烙法文

dire 地喝
〔動詞〕說、敘述

raison 黑松
〔名詞〕理由

Si vous pouviez le dire avec des mots, il n'y aurait aucune raison de le peindre.

若能用語言描述，那麼就沒有畫畫的理由了。

If you could say it in words
there would be no reason to paint.

Il y a deux moyens d'oublier les tracas de la vie : la musique et les chats.

有兩種忘記人生煩惱的方法：音樂和貓咪。——史懷哲

There are two means of refuge from the miseries of life: music and cats.

用中文烙法文

oublier 烏逼也
〔動詞〕忘記

chat 噓丫ˋ
〔名詞〕貓

Renren法語小百科

史懷哲（Albert Schweitzer）有雙重國籍：德國跟法國。曾獲得兩屆諾貝爾和平獎，真是了不起的偉人！史懷哲醫師也具有作家身分，左撇子的他養了一隻常在他寫作時倒在他左手上睡著的貓，為了不驚醒貓咪，史懷哲醫師就用右手寫，這個情形維持了23年之久。

別羨慕！嫁給老外一樣有婆媳問題

　　Renren是個不修邊幅，還有點邋遢的太太。剛結婚時，媽媽常告誡，一定要每天整理家裡、維持環境整潔，還要每天煮晚餐，否則老公一定會變心去找正妹。幾年過後，媽媽見Renren隨興的生活習慣依舊不改（而且老公還沒去找小三），深深嘆了一口氣說：「幸好妳婆婆遠在天邊，不然妳一定會被嫌得要死。」不過，事情並沒有那麼簡單！酷愛旅行的公婆因為愛子移居台灣，而有藉口將他們的旅行地圖延伸到亞洲來。

　　基本上，Renren的公婆已經把台灣變成他們的第二故鄉了。幾乎每隔1、2年就會來台灣拜訪兒子跟Renren，順便大肆血拚，像是在台北後車站的手工藝材料商店街花掉新台幣兩萬元購物、去夜市買無數套寵物衣帽，或是到法文書店買很多本法文小說（咦？）。經過這幾年來斷斷續續的相處，Renren最近才好不容易克服對婆婆的恐懼！

　　他們初次來台灣時，很自然地就住在兒子和媳婦家裡，第一天晚上當婆婆打開行李箱要整理衣物時，Renren的愛貓以迅雷不及掩耳的速度跑進行李箱撒了一泡尿！一個才想著要好好在公婆面前表現一番的新嫁娘，頓時遭遇慘事，當時欲哭無淚的心情真是筆墨難以形容。幸好Renren的婆婆算是有修養，只是稍微變了臉色，一句話也沒說地一起善後（不說話更可怕吧?!）。貓撒

尿事件隔天早上，公公請Renren幫忙在住家附近找一間舒適的旅館，並且委婉地說是昨晚的雨聲吵得他們倆老睡不好，而且我們的床有點硬，才想說住旅館對他們的身體比較好！各位應該也跟Renren一樣，覺得這是公公婆婆想逃離這裡（或Renren愛貓）的藉口吧？

第二次公公婆婆來台灣時，已經先訂好附近的旅館了。不過，這次婆婆有備而來，帶了一些她手寫的食譜想傳授給媳婦。那陣子，婆婆每天早上總會準時出現在Renren家廚房，每天教一道家傳料理。說到這裡，應該有些人會心生羨慕吶？其實不然，婆婆以前是位老

達令的法語小樂園　　129

師，最擅長命令跟指正別人！連Renren分離蛋白跟蛋黃的方式都要一一矯正，再加上婆婆高標準的要求，想當然耳地搞得Renren內心的小宇宙終於爆炸了！

接下來幾天，Renren總是一張臭臉，婆婆似乎也察覺到了，索性就不教，一切自己做。現在想想，其實應該是Renren太草莓、太玻璃心，禁不起嚴格的考驗吧？最近這幾年，公公婆婆來台灣時，或許是已經對Renren死心了，他們不住旅館也不來家裡，而是改住附廚房的Airbnb，讓Renren跟老公帶著他們去家樂福買菜，再回去煮飯4人一起吃。

寫到這裡覺得自己真是個壞媳婦，把公公婆婆逼到這個程度……但是，說實話，這樣的距離感讓Renren與公公婆婆（尤其是婆婆）之間的緊張感消失了。畢竟他們來台灣一待都是三個禮拜起跳。這次回法國，跟婆婆去買菜時，遇到她的學生或朋友，婆婆還會自豪地介紹Renren給他們：「這是我的媳婦，她是台灣人，從台灣來的喔！」

相較起來，Renren的公公是個比較大而化之的人，跟他相處就輕鬆多了！有一次公公跟Renren說，他很開心老公現在住台灣，因為比起住在法國的時候，他見到兒子的機會更多了（用旅行當藉口）。Renren的老公從16、7歲就離開故鄉到巴黎讀書、生活，很少回家，那時公公婆婆也都在上班。可能是因為這樣，他們才沒機會常常相聚吧?!

說到這裡，法國現在盛行一種「唐吉現象」（Phénomène Tanguy）：指的是已成年的年輕人依然住在父母家裡，無法獨立生活的現象。這是從2001年的法國電影《三十不立》（Tanguy）衍生出來的專有名詞。或許是因為物價高漲與少子化的關係，這種現象在全世界各地都很普遍，而且Renren的確也認識這樣生活的法國人。

用中文烙法文

beau-père（撥配喝）	公公、岳父、繼父
belle-mère（背了妹喝）	婆婆、岳母、繼母
faire du shopping（非喝莒蝦品）	血拚
Taïwan（胎一萬）	台灣
taïwanais（胎一晚餃）	台灣（男）人
taïwanaise（胎一晚餃司）	台灣（女）人
phénomène（菲諾麵呢）	現象

J'ai besoin d'un mode d'emploi pour m'entendre avec ma belle-sœur.

是年紀大的法國小姑難搞，還是文化隔閡？

結婚之後，Renren一有空就會上PTT去看婚姻版的發文。雖然本身的情況跟在婚姻版發言的苦主們不太相同，但是他山之石可以攻錯，還是可以參考參考。除了跟公公婆婆處不好、老公是豬隊友，這種老生常談的問題外，跟大姑或小姑處不好也是網友常發表的主題。那時候Renren在心裡暗自竊喜，想說姑嫂這種問題一定不會出現在生命中──雖然老公有一個妹妹，還有一個20歲的姪女（小姑很早就未婚生子）。

大約3年前，小姑帶著姪女到台灣來拜訪Renren的老公，這才知道他們3人的感情非常深厚。老公還準備了一份大禮給親愛的小姪女：由Renren伴遊，招待姪女到東京玩一個禮拜。小姑她們來台灣住一個多月，因為預算問題就借住Renren家的客廳。還好客廳很大，而且有兩個沙發床（canapé-lit）供她們睡覺。兩人暫居的客廳是每天必經之處，而她們自從到台灣後，就馬上啟動休息模式：沒有特別想去的地方、沒有想買的東西、更沒有計畫。除了帶她們外出覓食，小姑跟姪女一天24小時幾乎都在客廳的沙發床上活動：睡覺、看書、看影片，簡直把Renren家當成峇里島的發呆亭。

神經質的Renren因為是在家工作者無處可逃，內心小宇宙便開始崩潰。有一天，Renren想在客廳看當天的奧斯卡頒獎典禮

實況，基於禮貌問了一下小姑，這樣會不會打擾到她們，沒想到她居然說：「可以是可以，可是為什麼Renren對奧斯卡有興趣呢？」當下令我傻眼，只能回答「就是想看啊！」小姑接著表示：「想看不是一個好理由。」就在Renren語塞時，老公也一起加入談話。本來想說他會來個神救援，沒想到居然是PTT婚姻版網友口中的豬隊友！老公對小姑，也就是他親妹妹對Renren的質問不只沒半點反擊，反而還火上加油地說：「想看或喜歡看某個節目，一定要有理由啊！」（老公不是都站在老婆這邊的嗎？）

接著還開始與小姑一起批判奧斯卡頒獎典禮，例如，奧斯卡不是國際性的電影節、美國好萊塢電影比不上法國電影等等。其實Renren只是想看奧斯卡輕鬆一下而已，不需要任何理由跟藉口啊！總之，Renren最後大爆炸了，只憤憤地丟下一句：「算了！那我不要看電視了啦！」就回自己的書房邊哭邊打訊息給好朋友訴苦。

說實話，那一天是Renren結婚至今最想跟老公離婚的一次。姻親不比血親，再加上異國婚姻帶來的文化衝擊（例如，法國人好爭辯這點），著實叫人灰心！最後小姑可能發現Renren真的生氣了，跑來道歉，還給拍拍跟抱抱！

小姑跟姪女來台灣一個月的行程中，大家一起去了府城台南3天。Renren事先規畫了一些景點跟美食餐廳，想藉機好好介紹她們Renren自豪的出身地。沒想到，小姑母女倆（加上老公）的懶人行為跟在台北時一模一樣：睡到自然醒、上網看影片或漫畫，接著繼續睡覺。這趟小旅行對他們來說，幾乎就是體驗高鐵，然後享用台南精緻旅館的早餐跟Wi-Fi。

這之後，Renren履行老公交付的任務，帶姪女去她夢寐以求的日本東京旅行。行前Renren詢問姪女想去哪裡並且做好功課，結果這趟旅行跟台南之旅差不了多少！話說，都已經到亞洲3個禮拜了，姪女還在調時差嗎?!居然從晚上12點一路睡到中午，然後花3個小時去一個景點後就喊累，吵著要回旅館睡覺。明明姪女從

小就非常愛日本，還為此考上法國大學的日文系，畢業後立志成為日法翻譯。說實話，Renren實在搞不懂他們所謂的隨興！

　　身為年紀幾乎可以當她媽媽的Renren來說，或許應該多容忍一些吧？小姑跟姪女回法國後，Renren跟老公訴苦了一堆，但是老公卻說：「她們是妳的家人，有不高興的事情就直接說，她們還是會一樣愛妳。」但是，真的是這樣嗎？Renren覺得這種衝突放諸四海皆相同，至於姻親們愛不愛Renren......On verra！（就再說吧！）

用中文烙法文

canapé-lit（咖那賠禮）	沙發床
belle-sœur（杯了色喝）	小姑、大姑、嫂嫂、弟媳
nièce（妮欸死）	姪女
neveu（呢ㄈ噁）	姪子
flemmard（敷勒馬喝）	懶男人
flemmarde（敷勒馬喝的）	懶女人
on verra（翁菲哈）	再看看、再說吧

commence 空猛死
[動詞] 開始、起源
（原型動詞是commencer 空猛寫）

famille 發米噁
[名詞] 家庭

N'oublions pas que l'amour
commence dans la famille.

我們不可忘記，愛源自家庭。——德蕾莎修女
Let us not forget that love begins at home.

Un petit chez soi vaut mieux qu'un grand chez les autres.

金窩銀窩不如自己的狗窩。

There's no place like home.

chez 穴
〔介詞〕在……家裡

（chez moi 是在我家的意思；
chez Air France 是在法國航空
的意思。若是跟人名連用就可
當作店名！例如，台灣第一家
法國餐廳「法樂琪」，法文名
字就叫作Chez Jimmy〔吉米
之家〕。）

grand 共
〔形容詞〕高大的、
重大的、偉大的

用中文烙法文

parent 趴哄
[名詞] 父親或母親、親戚。
（複數的parents 是指父母）

même 麵麼
[形容詞] 相同的

Chaque parent vient au monde en même temps que son premier enfant.

每位父母都是與他的第一個孩子一起出生。

Each parent comes into the world at the same time as his first child.

On peut grandir, et même vieillir, mais pour sa maman on est toujours un petit enfant.

我們會長大，甚至變老，但對媽媽來說我們永遠是小孩子。

We could grow up, and even get old, but for one's mother we are always a small child.

grandir 工地喝
［動詞］長大

maman 媽猛
［名詞］媽媽

Les enfants commencent par aimer leurs parents. En grandissant, ils les jugent, quelquefois ils leur pardonnent.

孩子最初愛他們父母，等大一些他們評判父母；
然後有些時候，他們原諒父母。——王爾德

Children begin by loving their parents; as they grow older they judge them; sometimes they forgive them.

用中文烙法文

jugent 局茍
[動詞] 評判、審判
（原型動詞是juger 局蹶）

quelquefois 給了可法
[形容詞] 有時候、偶爾

Renren法語小百科

1900年，愛爾蘭籍的偉大作家王爾德
（Oscar Wilde）因病死於巴黎，享年
46歲。他被葬在巴黎的拉雪茲神父公
墓（Cimetière du Père-Lachaise），
人們按照他在詩集《斯芬克斯》中的
意象，將他的墓碑雕刻成獅身人面
像。因太多女性觀光客在他的墓碑留
下口紅吻痕，使得有關單位不得不圍
起透明牆，以防止更多「破壞」。拉
雪茲神父公墓是巴黎最大的墓園，葬
有許多名人，且交通方便，強烈推薦
去參觀！

用中文烙法文

mère 咩喝
〔名詞〕母親

père 配喝
〔名詞〕父親

La mère donne la vie, le père montre la voie.

母親給予我們生命，父親指引我們道路。

The mother gives life, the father shows the way.

Les seules personnes dont vous avez besoin dans votre vie, sont celles qui ont besoin de vous dans la leur.

在人生中你唯一所需要的人，是在他們生命裡，同樣需要你的人。

The only people you need in your life are the ones who need you in theirs.

用中文烙法文

seul, seule 色了
〔形容詞〕唯一的、獨自的

personne 撒喝森呢
〔名詞〕人、任何人

semblable 鬆不辣伯勒
［形容詞］相似的、相同的

rose 厚死
［名詞］玫瑰花

Une maman est semblable à une rose qui ne se fane jamais.

母親就像是永不褪色的玫瑰。

A mother is like a rose that never fades.

Amours de nos mères,
à nul autre pareil.

沒有任何東西比得上媽媽的愛！
A mother's love is like no other!

用中文烙法文

nul 怾了
[形容詞] 沒有的、不存在的

pareil 趴黑了
[形容詞] 一樣的
（à nul autre pareil 是一個片語，
有獨一無二的意思）

Quand tout va bien on peut compter sur les autres, quand tout va mal on ne peut compter que sur sa famille.

如果一切順利，我們可以依靠別人；而出問題時，我們只能指望家人。

When all is well one can count on others, when everything goes wrong one can only count on his family.

用中文烙法文

tout va bien 禿髮鼻樣
[表達用語] 一切都好
（提高尾音就變成問句 Tout va bien ? 是詢問對方「還好嗎？」表達關心的日常用語）

compter sur 空ㄆ鐵 需喝
[動詞] 依靠、信任

用中文烙法文

belle-mère 背了妹喝
　[名詞] 婆婆、岳母、繼母
belle-fille 背了敷一噁
　[名詞] 媳婦、繼女
（法文稱呼真單純，不像中文要記一堆XD）

Les belles-mères ne se souviennent jamais qu'elles ont été des belles-filles.

婆婆們永遠不記得她們曾經也是人家的媳婦。

Mothers-in-law never remember
that they were once daughters-in-law.

Adam était le seul homme heureux, il n'a pas connu de belle-mère.

亞當是唯一快樂的男人，他不認識任何丈母娘。

Adam was the only happy man, he knew no mother-in-law.

homme 噢麼
［名詞］男人

connu 空妞
［動詞］認識、熟悉、懂得
（原型動詞為connaître 空餃特喝）

Renren法語小百科

我們常常說「丈母娘看女婿，越看越有趣」，但是西方文化正好相反。許多女婿不喜歡跟老婆的媽媽相處，女婿們私下還會發明嘲笑丈母娘的笑話。幸好Renren的老公沒這個問題。＞＜

巴黎落難記‧上

　　2年前，老公因爲換了新工作需要回法國2個月，到巴黎總公司受訓。Renren爲了照顧黏人的貓兒子，與趕完手邊的接案，在老公受訓結束前10幾天，才到巴黎跟他會合，一方面去觀光，一方面去幫老公洗衣服（咦？）。雖然嫁給老公好幾年，但是那時的Renren其實對巴黎一點也不熟，因爲每次跟老公去巴黎或是其他法國城市探親時，Renren總是開啓懶人模式：由老公或親友帶著四處玩。說實話，2年前其實是Renren第一次自立自強，使用還過得去的法文在巴黎當個觀光客！

　　獨自一人在巴黎市內觀光並非難事，他們的捷運（métro）跟路面鐵道（tramway）四通八達，只要看得懂換車的站名就可以到達想造訪的景點。就是因爲太怡然自得了，Renren完全忘記其實巴黎不是個太安全的城市！還記得那是第4天的行程，Renren從巴黎14區換了三班捷運到世界知名，也是觀光客必訪的艾菲爾鐵塔（Tour Eiffel）。近距離看到巨大的鐵塔時，Reren當下決定跟著長長的人龍排隊買票攻頂。艾菲爾鐵塔共分兩層開放遊客參觀，到中間那一層的門票只要9歐元，再上到頂層（sommet）也只要15歐，比東京的天空樹便宜將近一半的價錢。現在回想起來，Renren不知道是什麼時候被盯上的：因爲Renren沒有伴，又悠哉地揹著單眼相機到處閒晃，的確是明顯的目標。出了第二層

的電梯，突然有個帶帽子穿大衣的東歐老頭攔住我的去路，指了個方向，用英文說要往那邊走。另一個長得差不多的老頭從左邊走來，讓Renren無路可去。當時只覺得莫名其妙，怪怪的。等Renren準備搭上往頂層的電梯時，才發現側背包拉鏈被開了約10公分的大洞，頓時醒悟大事不妙啦！到了頂層Renren緊張地翻遍整個包包，果然惡夢成真──皮夾整個被扒走了啦!!

　　Renren生平第一次面對美景卻無心欣賞，因為皮夾裡放了信用卡、35歐元、身分證，還有護照、護照、護照（很重要要講三次!!!）。緊張地找到一位警衛，用法文跟他說自己皮夾被扒了，他居然聳聳肩傻笑，一點建議也沒提供！身為受害人的我，心裡湧上的不是悲傷而是滿滿的憤怒──原來「巴黎人不友善」，還真不是都市傳說。幸好Renren隨身攜帶列有緊急救助電話號碼的台灣保險公司小卡沒被偷（重要提醒：出國一定要保旅遊平安險喔!!）可惜接電話的小姐沒辦法幫上很多忙，只說要去當地警局報失，才能重新在法國申請護照。各位可能覺得奇怪，為何不找老公求救？那是因為老公的電

話跟skype都沒回應呀!!!（到底是有多忙？）而且他工作的地點離鐵塔通勤時間要一個半小時，不如好好把握時間趕快自己處理！這時Renren突然想到暫住的Airbnb附近就有一家警察局，還是先回熟悉的地方處理，讓心情平靜下來。雖然被東歐扒手偷走了所有家當（聽說大多是羅馬尼亞人），但Renren事先買了很多張地鐵票放在大衣口袋，算是不幸中的大幸，否則可能就要在捷運站乞討了!!回家的路上，Renren順便打了通越洋電話回台灣掛失信用卡，也連絡駐法國台北代表處，告知Renren遭遇的狀況及中文姓名與身分證號碼，以便他們登記並準備辦理補發護照的手續。

　　回到家拿了錢，衝到警局要報警，沒想到戴舌環的年輕女警說他們是行政區警察局（Préfecture de Police）不辦理報失業務，必須坐公車到另一個中央警察局去處理。當場感到欲哭無淚、萬念俱灰，因為Renren不會搭巴黎的公車呀!!!或許是當時表現出一臉很令人同情的樣子，也或許是巴黎人其實沒那麼冷漠，在公車站等車的太太主動上前關心，並且詳細地告知去中央警察局的公車號碼與站名，後來更有一群年輕人圍上來，七嘴八舌的告訴Renren要去哪個方向坐公車。在氣溫只有2度的冷冽巴黎傍晚，Renren的心這時才漸漸有了一絲溫暖的感覺。不久後公車就來了，坐沒幾站就抵達目的地，好心的黑人公車司機還下車跟Renren報路，表示警察局就在市政府隔壁。

　　12月的巴黎，天暗得早，整個圓環都被聖誕樹藍白相間的燈

點綴得閃亮又美麗。但Renren的心情卻沒有節慶來到的雀躍，一心只想趕快把事情辦完好拿到新的護照。因為發生這一連串的爛事，頭腦不靈光了，也不想講法文了，一進警局劈頭就問接待處的女警可不可以講英文!!! Renren完全忘記法國人的禁忌——講英文!!那位女警臉色一沉，直接了當地回答：「不可以！」當時警局裡還有3、4位當地人在等待報案，於是警察登記了Renren的名字，說要等他們叫到名字才能進去一道小門裡報案。這一等，就是2小時！事後老公說，一定是Renren一進門就要求說英文，才會被警察惡搞等那麼久！下一篇再來跟大家說說Renren與報案組小姐的爆笑對話，以及如何在法國重辦台灣護照。

用中文烙法文

touriste（凸厂一死特）	觀光客
métro（咩妥）	捷運
Tour Eiffel（突喝欬翡）	艾菲爾鐵塔
voleur（佛了喝）	小偷、扒手
porter plein（頗阿鐵噗郎）	報案
policier（頗哩西野）	警察

Paris, je t'aime.

巴黎落難記・下

在法國警局報失護照，需要一張證明本人身分的文件。雖然證件都被偷走了，但好久以前曾掃描護照到手機裡，這個無心的動作解救了Renren。有時候我們會毫無意識地做一些無意義的小事，但是這些小動作有時候說不定會變成拯救自己的保命符（所以說，大家出國一定要多準備一份護照影本）。總之，百般無聊等了2個小時後，Renren終於被叫進一個小房間，裡面坐著一位黑人小姐跟一位穿低胸上衣的金髮太太，兩人都沒穿警察制服。做筆錄的是金髮太太，一開始被要求先描述發生什麼事，然後出示Renren的身分證明（存在手機的護照影本），接下來是長達一小時的詳細問答。大致上問了幾點左右在哪裡被偷、被偷的皮夾是什麼牌子什麼顏色、有沒有看到嫌疑犯等……金髮太太大概是第一次幫台灣人做筆錄，所以有些情形滿有趣的——

金髮太太：妳知道其實艾菲爾鐵塔旁邊就有警局可以報案嗎？因為那邊每天被扒的人太多了。
Renren：真的假的！我不知道耶！而且我想說回到住的地方附近比較有安全感啦！（OS：靠！早知道就去那裡報案，一定可以講英文，又不會被你們同事惡搞！）
金髮太太：疑！妳不是跟法國人結婚嗎？怎麼沒有冠夫姓？

Renren：欸～這是文化差異啦！我們台灣人比較沒有冠夫姓的習慣。

金髮太太：妳到底是台灣人還中國人啊？為什麼護照影本上面寫Republic of China？

Renren：唉呦～這是政治問題，我當然是台灣人啊！妳輸入台灣人看看，一定行的啦！

金髮太太：真的有台灣人耶！給我家長的名字，我要輸入。

Renren：爸爸「XXX」，媽媽「XX惠」

金髮太太：「惠」怎麼拼啊？

Renren：HUI啊！

金髮太太：那不是唸成「淤一」嗎？我不會拼啦！

Renren：啊！我忘記你們法文的H不發音，那怎麼辦？

金髮太太：那算了啦！我看就不要輸入家長的名字吧！（也太容易放棄XD）

　　這樣一問一答搞到晚上快9點，老公回到家見不著Renren，就急著打電話找人。一聽說我在警局，簡直把他給嚇壞了。Renren接著把電話遞給金髮太太，請她告訴老公一切沒事，以及告知他怎麼到警局。問完筆錄後，金髮太太還要站在Renren受害者的立場打一份報告，描述被偷的感想。嗯，這位太太以前在學校時作文成績一定很好！最後，金髮太太說她覺得Renren很冷靜，還笑

得出來，她處理過的受害者都是呼天搶地的！天知道Renren是哭在心裡啊～

　　拿到護照遺失報案文件的隔天，就得去離奧賽美術館（Musée d'Orsay）不遠的駐法國台北代表處申請新的護照。申請者需要準備2吋相片2張（每個地鐵站都有自助照相亭，照一次5歐元）、警局開立的報失文件和23歐元。早上去申請，差不多下午2、3點就可以拿到新護照了。台北代表處這樣神速的處理速度，讓老公和他的法國同事朋友驚訝到下巴都快掉下來。可是身為台灣人，Renren覺得這樣很正常啊！說實話，當台灣人真的很幸福，雖然大家都說公務員很官僚，但跟法國的比起來，我們的公務員簡直是勤勞的天使呀!!代表處的小姐說她常常處理類似問題，最容易被扒手盯上的地點是在拉法葉百貨（Galeries Lafayette），許多跟團的台灣旅客都在排隊退稅時被偷。有計畫去那附近旅遊的人千萬要小心喔！

　　最後Renren要澄清一點：其實巴黎人還滿親切的啦（只要不要跟他們講英文，哈哈）！像這次Renren就得到很多當地人的幫忙，才安全抵達警局報案。此外，Renren曾經跟從南法來訪的公公一起在巴黎找越南辦事處拿旅遊簽證，同樣也是迷路好久，問了20幾個巴黎人。令人訝異的是，他們一點都不冷漠，反而都很熱心地報路。老公曾說過，他很不喜歡巴黎，原本想在那邊定居，後來更把房子賣掉，遠渡重洋來台灣生活；也有好多

當地人跟Renren反應他們痛恨巴黎想離開；住在南法的親戚也說巴黎一點都不好！然而Renren卻跟他們相反（或許是觀光客心態吧?!），即使遭遇扒手、費盡千辛萬苦重新申請護照、花大筆錢打越洋電話求援，這些負面的經驗卻讓人更了解巴黎，也更深知巴黎的魔力。喔，對了！當Renren回到台灣一個月之後，有天接到外交部的電話，說有人在巴黎路邊撿到被偷的護照，還好心的幫忙寄回台灣。這也太令人感動了！只能說人間處處有溫情呀！

　　趁此機會教大家如何用法文求救吧。但願親愛的各位一輩子都用不到！

用中文烙法文

Au secours!（歐色庫喝）	救命啊！
Au voleur!（歐佛了喝）	有賊啊！
J'ai besoin d'aide!（姊波司望爹的）	請幫幫我！
Je me suis fait voler!（決麼司威菲夫歐雷）	我被搶／偷了！
Paris, je t'aime.（巴ㄏㄧ 酒店麼）	我愛巴黎

Le voyage, comme l'amour, représente une tentative pour transformer un rêve en réalité.

旅行就像愛情一樣，是讓夢想成真的一種嘗試。
——艾倫·狄波頓

The journey, likes love,
is an attempt to turn a dream into reality.

用中文烙法文

voyage 發亞舉
［名詞］旅行、旅程

réalité 黑啊理鐵
［名詞］現實、真實

Renren法語小百科

艾倫·狄波頓（Alain de Botton）是旅居英國的瑞士著名作家暨哲學家。2008年起在世界各地創立「人生學校」（the School of Life），目的在教導社會大眾如何充實人生。2016年台北也有了人生學校分校，有興趣的人都可以參加！

用中文烙法文

mois 目阿
〔名詞〕月

an 甕
〔名詞〕年

J'ai besoin de 6 mois de vacances, environ 2 fois par an!

我需要六個月的假期，大約一年兩次！

I need a 6 month vacation, twice a year !

Les voyages forment la jeunesse.

旅行是養成年輕人的教育。

Travel forms youth!

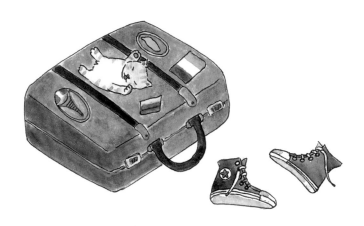

用中文烙法文

forment 鳳喝麼
［動詞］使成形

（原型動詞是former 鳳喝咩）

Renren法語小百科

這是一句法國諺語，鼓勵
年輕人去旅行，因為能從
旅行中學習，養成人格。

Le plus beau voyage est celui que l'on a pas encore fait.

我們還沒啓程的旅行，才是最美好的旅行。

The most beautiful trip is the one we have not yet done.

用中文烙法文

le plus 了鋪呂
[副詞] 最……

celui 捨綠
[指示代名詞] 這個

Quand on marche seul on va vite, mais quand on marche à deux on va plus loin.

獨行時我們走得快，但攜伴同行時，我們則走得更遠。

If you want to go quickly, go alone. If you want to go far, go together.

用中文烙法文

marche 罵喝需
[動詞] 走路
（原型動詞是marcher 罵喝雪）

deux 的
[名詞] 二、兩
（有時會聽到台灣同學發成「嘟」的音，這到底是為什麼？）

用中文烙法文

rester 黑死鐵
〔動詞〕停留

vivre ㄈ一夫喝
〔動詞〕活著、生存

Rester c'est exister;
mais voyager, c'est vivre.

停留是存在；但旅行是活著。

To stay in the same place is to exist. But to travel is to live.

La bonne humeur est un bon compagnon de voyage.

好心情是最佳旅伴。

Good mood is a good travel companion.

用中文烙法文

humeur 淤麼喝

〔名詞〕心情

（mauvaise humeur 摸斐斯淤麼喝 壞心情）

compagnon 空趴紐翁

〔名詞〕伴侶、同伴

Qui n'a pas quitté son pays est plein de préjugés.

從未離開過他祖國的人總充滿偏見 。──卡洛‧哥爾多尼

He who never leaves his country is full of prejudices.

用中文烙法文

quitté 柯一鐵

[動詞] 離開

（原型動詞是quitter 柯一鐵）

préjugé 胚莒蹶

[名詞] 偏見

Renren法語小百科

名劇作家卡洛‧哥爾多尼
（Carlo Goldoni），18世
紀初生於義大利威尼斯共和
國。他在60歲時受邀到法
國，原本只想待個兩年，但
對巴黎的喜愛和年齡的關
係，讓他終其一生未能回到
義大利。在法國大革命前，
他的薪俸被取消，一隻眼睛
失明的他窮困潦倒地度過殘
生。1793年，法國議會決定
歸還他的薪俸，然而他已經
在前一天離開人世了。

Rien ne développe l'intelligence comme les voyages.

旅行最能發展智慧。——左拉

Nothing develops intelligence like travel.

développe 爹飛摟坡
[動詞] 發展（原型動詞是
développer 爹飛摟配）

intelligence 昂貼理窘司
[名詞] 智慧

Renren法語小百科

左拉（Emile Zola）是19世紀
法國最重要的作家之一。他是
自然主義文學的代表人物，亦
是法國自由主義政治運動的
要角。1902年9月28日，左拉
因壁爐堵塞引起的一氧化碳中
毒，死於巴黎的寓所。身後被
葬在蒙馬特公墓（Cimetière de
Montmartre）。此處安葬了許
多曾在蒙馬特地區生活、創作的
藝術家，也是著名的景點，常有
遊客慕名前來憑弔先人。

livre 利夫喝
〔名詞〕書本

passeport 趴死剖喝
〔名詞〕護照
（字尾的t不發音）

Renren法語小百科

Renren跟老公借來護照畫這張圖，法國人的護照不只有姓名、出生地跟出生年月日，還會標示護照持有人的身高跟眼睛的顏色。此外，居住地址也一定要印在同一頁；由於法國沒有戶籍地址這種制度，所以每搬一次家就要去改護照地址、換護照，非常麻煩！

De tous les livres, celui que je préfère est mon passeport.

在所有書當中，我最愛的就是自己的護照。

From all the books in the world,
the one I prefer is my passeport.

Le voyage est la seule chose qu'on achète qui nous rend plus riche.

旅行是唯一一種我們買了會變富有的東西。

Travel is the only thing we buy that makes us richer.

用中文烙法文

achète 啊削特
[動詞] 購買
（原型動詞是acheter 啊削鐵）

rendre 鬨的喝
[動詞] 使～成為

lieu 理噁
〔名詞〕地點、場所

idée 衣蝶
〔名詞〕看法、想法、打算

On voyage pour changer, non de lieu, mais d'idées.

人們用旅行來改變想法，而非場所。

We travel to change, not place, but ideas.

rencontrer 轟空退
［動詞］遇見、碰見

se déplace 捨爹鋪拉死
［動詞］移動、走動
（原型動詞是se déplacer 捨爹鋪拉寫）

Celui qui voyage sans rencontrer
l'autre ne voyage pas, il se déplace.

在旅程中沒有跟別人交會，
那他並不是在旅行，只是在移動。

The one who travels without meeting others does not travel,
he moves.

L'argent n'achète pas le bon goût!

千金難買好品味！

由於Renren嫁了個法國人，自然而然對一切關於法國文化、風俗的文章報導有興趣。不僅如此，Renren也會觀察身邊親友或社會大眾對法國商品的使用狀況。這幾年下來，Renren發現身處台灣的大家對made in France的產品總有點盲目的崇拜，但說實話，任誰都會對遙遠的國度有些想像與誤解吧?!

舉例來說，幾年前不少住歐洲的部落客瘋狂幫台灣女生們代購的法國L牌水餃包，其實在法國好像就是個購物袋。之前去法國時，Renren就親眼目睹不少法國太太們拿這個L包，裡面裝滿蔬菜麵包等食物，有些太太嫌重還索性在搭手扶梯時把包包丟在地上。在台灣被視為流行與高雅象徵的水餃包，在法國卻被女性們當成購物袋來使用，還真是個有趣的現象。而在亞洲地區很風行的其他法國品牌精品包Louis Vuitton、Chanel、Hermès，在Renren認識的法國親人朋友間，好像都沒人在使用，不知道是不是太窮的緣故，哈哈。

相信對法國文化有興趣的人一定讀過不少關於法國女性擁有好品味的文章吧？記得以前Renren為了想學習法國女生的品味，讀了本關於法國夫人們如何過生活的書。其中有一篇就講到「法國人的衣櫃」：根據作者的講法，許多法國人的衣櫃在每一個季節只會有10件基本的衣物，但外套、配件不算。他們的重點是要穿

出自己的風格，而不需要用一堆太時髦的元素來點綴自己。

　　後來跟老公家的女眷相處過後，才發現她們真的常常穿同樣的衣服，頂多只是會有不同的上衣與下半身的搭配而已，原來不是她們捨不得花錢買新衣服XD。跟老公相處的這幾年，Renren發現品味這個東西真不是用金錢或短時間惡補（或是吃法國老公口水XD）堆砌出來的。它跟個人生長的環境背景與教育比較相關。

例如Renren就注意到，即使只是到家門口的超商買個牛奶，老公還是堅持換上牛仔褲、穿上外出鞋才出門；跟其他國家朋友聚會時，老公總會被要求開紅酒，然後品嚐紅酒再告訴大家這酒好不好。

在老公的眼裡，Renren就不是個擁有好品味的女性：出門買早餐就只穿家居服跟拖鞋（老公還曾經問過我，為何要穿睡覺的衣服出門）、一邊喝啤酒一邊對著電視大笑（老公說：妳這樣好像卡車司機喔！）、在牆上貼貓咪或艾菲爾鐵塔的壁貼（最後被老公強迫撕下來）、森林系的寬鬆上衣或洋裝配內搭褲或牛仔褲（被問幹嘛穿著裝馬鈴薯的布袋）⋯⋯等等，由此可證會畫畫的人不見得有好品味呀！

普世間大家都認為法國女人（其實是巴黎女人）的髮型、化妝方式、處事態度（這點很抽象）都很有品味，而且有品味的人一定跟巴黎人一樣，要穿黑色、灰色、深藍色等暗色的衣物。但是隨著年紀增長，Renren對這樣的想法變得有點不以為然，因為就像前面說的，品味是深植在社會文化環境跟自我成長中，Renren並不覺得花錢模仿所謂「巴黎女性」的外表就會對一個人的品味有所助益，說實話這是商品廣告手法吧?!

這就好比雖然Renren老公平常不穿西裝、不抹古龍水，但是從他的處事態度就能看出他算是個品味不錯的人。想要增加品味，首先要停止花大筆鈔票買名牌，先充實自身的知識跟開闊自

己的視野吧！如果懶得做這些努力，那就開心地當自己，毋須成為令人羨慕的巴黎女人，這樣其實也沒什麼不好！

　　最後有鑒於台灣人常會念錯一些法文品牌，藉此教大家一些普遍熟悉的品牌唸法。

Christian Dior（咳醫死聽翁 低偶喝）克里斯汀・迪奧

Louis Vuitton（嚕依夯一桶）　　　LV（跟法國人說LV，他們應該聽不懂）

Hermès（ㄟ喝美死）　　　　　　愛馬仕

Agnès b.（阿捏死杯）　　　　　　雅昵斯比

VICHY（夫一許）　　　　　　　薇姿

Longchamp（隆胸）　　　　　　瓏驤（就是L牌水餃包啦！）

Chloé（可樓欸）　　　　　　　蔻依

Carrefour（咖喝府喝）　　　　　家樂福
　　　　　　　　　　　　　　　（雖不是名牌，但也是個品牌呀！）

自然派老法令人傻眼的務實觀

　　某個星期六，老公突然心血來潮跟Renren說：「請陪我去光華商場，現在！」才換好外出服，等不及Renren化妝（也不過只是上粉底跟口紅而已）跟戴隱形眼鏡，老公就急急忙忙拉Renren出門了。到了光華商場的捷運站口，老公這才坦白地說，要介紹法國來的新同事給我認識。

　　各位女性，妳們能夠想像在素著一張臉，還長了一顆大痘痘，帶著笨重的黑框眼鏡的情況下跟新朋友見面嗎？Renren氣急敗壞地質問老公為何不先講，這樣才有時間準備一下呀！結果老公說，如果先預告了，Renren一定會化妝出門，這樣他會覺得沒面子──老公不希望朋友或同事認為他的老婆是個注重外表沒有內涵的笨蛋，不過這樣做也太極端了吧?!

　　跟老公認識、結婚前，Renren跟多數的台灣女性一樣，有份坐辦公室的工作，所以對自己的外表總是特別重視，除了各式各樣的女性化服飾外，舉凡當下最流行的化妝方式、口紅眼影顏色、高跟鞋款、耳環等等，都是Renren感興趣的主題。簡言之，除了出國旅行外，Renren幾乎把薪水都花在這些「身外之物」。

　　後來認識了以身為自然派、科技宅男、非傳統法國人自豪的老公，Renren的價值觀就完全被顛覆了！老公常說：「化妝也是說謊的一種。」（幸好沒說是詐欺XD）他認為化妝的女性很醜

陋。（這是什麼扭曲的觀念呀?!）之前還在上班時，Renren還可以帶著煙燻妝去趕捷運矇騙過去，但自從離職從事接案工作後，在家的時間變多，化妝的機會自然就少了，通常去上法文課或跟朋友見面時，也只擦擦粉底、塗塗眼影跟口紅。即使如此，老公每次看到上了淡妝的Renren還是會眉頭一皺，擺出一張好似聞到臭襪子的臉給Renren看！

　　此外，老公剛到台灣定居時，有次Renren上髮廊燙頭髮，在這期間老公一直打電話問Renren到底好了沒？他無法想像有人會花費5、6個小時跟那麼多錢（台幣7000元）整理頭髮（真的很好奇老公以前到底都跟什麼樣的女生交往><）。從此之後，Renren花的7000元髮型變成老公買東西的藉口：「看！這輛腳踏車居然跟妳的頭一樣價錢！」「哇！這台咖啡機居然比妳的頭還便宜耶！」「嗯～這台PS4一萬多塊，只比妳那顆頭貴一點點！」每逢這種時刻Renren也只能苦中作樂，把老公的挖苦當成生活情趣了。

　　或許各位覺得Renren太過軟弱，為何不替自己愛漂亮、愛化妝的權利挺身而出呢？Renren只能很沒志氣地告訴大家，現在才覺得老公的觀念比較正確（該不會被洗腦成功了吧？）其實現在有點後悔以前把薪水都花在衣物上，一方面是隨著年紀增長，當時的衣服已經不合時宜，另一方面是因為轉行接案畫畫才真正了解賺錢很辛苦，現在賺來的錢都用來投資畫具，感覺還比較實

在。最後也是最重要的原因，應該就是凡是人都會變老、變得不
美麗，所以更重要的是，充實皮囊裡面的東西，而不是增加衣櫃
跟化妝包裡面的屯貨啊！藉此話題也教教大家一些有關化妝品的
法文吧！

用中文烙法文

cosmétique （摳死妹踢可）　　化妝品

fond de teint （瘋的糖）　　粉底

rouge à lèvres （乎舉阿累夫喝）　口紅

blush （舖陸許）　　腮紅

fard à paupières （發喝阿剖批也喝）眼影

rimmel （厂一美嘞）　　睫毛膏

vernis à ongles （飛喝你撒翁歌）　指甲油

Beaucoup de gens croient avoir le goût classique qui n'ont que le goût bourgeois.

許多人自認擁有典雅的品味，其實他們擁有的只不過是資產階級的品味罷了。——保羅·克洛岱爾

Many people believe that they have the classic taste but what they have is only bourgeois taste.

用中文烙法文

goût 菇
［名詞］滋味、品味、味覺

bourgeois 哺喝舉娃
［形容詞］資產階級的、中產階級的
（報章雜誌常翻譯成布爾喬亞，感覺好做作呀XD）

Renren法語小百科

保羅·克洛岱爾（Paul Claudel, 1868-1955）是一位法國詩人、散文家、外交官。他曾於清朝時期到中國擔任外交官。

taille 泰衣
［名詞］尺寸、大小

culotte 哭摟特
［名詞］女用內褲

caleçon 咖了送
［名詞］男用內褲

La beauté c'est la taille de ton cœur, pas la taille de tes culottes.

美麗攸關你內心的大小，而不是你內褲的尺碼。

Beauty is the size of your heart, not the size of your panties.

La mode c'est le goût des autres.

流行其實是其他人的品味。

Fashion is the taste of others.

用中文烙法文

mode 莫的
［名詞］時髦、流行

autre 嘔特喝
［名詞］其他人、其他事物

用中文烙法文

couleur 哭了喝
〔 名詞 〕顏色

bien 逼樣
〔 副詞 〕好棒地、適合地

Renren法語小百科

可可・香奈兒（Coco Chanel, 1883-1971）的故事廣為人知，Renren最羨慕她人生後期一直到過世，30多年間都以巴黎麗茲飯店（Hôtel Ritz）為家。她所創造的品牌Chanel應該怎麼發音呢？要唸成「夏（注音三聲）內了」。

La plus belle couleur au monde est celle qui vous va bien.

適合你的顏色就是世界上最美的顏色。——可可・香奈兒

The best colour in the whole world is the one that looks good on you.

用中文烙法文

pour 鋪喝
〔介詞〕為了

irremplaçable 依轟噗拉薩伯
〔形容詞〕無可取代的

différent 低飛鴻
〔形容詞〕不同的

Pour être irremplaçable, il faut être différent.

為了要無可取代，我們必須與眾不同。──可可・香奈兒

In order to be irreplaceable, one must always be different.

La différence entre le style et la mode est la qualité.

風格和流行的區別是品質。

The difference between style and fashion is the quality.

différence 低飛鴻死
［名詞］差異、不同

style 死低了
［名詞］風格、作風

⑤

moquez 摸給
〔動詞〕嘲笑
（原型動詞是moquer 摸給）

choix 噓娃
〔名詞〕選擇、選中的東西

Ne vous moquez jamais des choix de votre femme. Vous en êtes un.

千萬不要嘲笑你太太的選擇，因為你是其中之一。

Never laugh at your wife's choice. You are one of them.

La mode dit : "moi aussi".
Le style dit : "seulement moi"

時髦說：「我也是。」風格說：「只有我。」
Fashion says: "me too." Style says: "only me."

用中文烙法文

aussi 歐喜
[副詞] 也、和～一樣

seulement 色了蒙
[副詞] 只有、僅僅

Renren法語小百科

Moi aussi（目哇 歐喜）
跟 moi non plus（目哇
濃 噗呂）這兩句其實滿
實用的；moi aussi跟英
文的me too一樣，都表
示「我也是」的意思。
moi non plus則是跟英文
的me neither 一樣，都
表示「我也不」。

用中文烙法文

après 啊配
〔介詞〕在……之後

irrésistible 衣黑西斯踢伯
〔形容詞〕不可抵抗的、無法抗拒的

Personne n'est jeune après 40 ans
mais on peut être irrésistible
à tout âge.

沒有人過了四十歲還是年輕的，但任何年齡都可以充滿吸引力，令人無法抗拒。──可可・香奈兒

No one is young after forty,
but one can be irresistible at any age.

L'élégance est la seule beauté qui ne se fane jamais.

優雅是唯一永不枯萎的美麗。——奧黛麗・赫本

Elegance is the only beauty that never fades.

élégance 欸疊供思
[名詞] 優雅

se fane 捨飯
[動詞] 褪色、枯萎
（原型動詞是se faner 捨飯尼）

Renren法語小百科

Renren認為奧黛麗・赫本
（Audrey Hepburn）是全
世界最有氣質與風格的女
性代表。她是在比利時布
魯塞爾出生的英國人，而
她的家族又有荷蘭皇族血
統。讓人欽佩的是，她能
流利地說英法荷西義五種
語言（簡直是天才！）

用中文烙法文

fille 敷—噁
〔名詞〕女孩、女兒

licorne 里空喝呢
〔名詞〕獨角獸

Les filles moches, c'est comme les licornes. Ça n'existe pas!

醜女孩跟獨角獸一樣——他們並不存在！

（意指：沒有醜女人，只有懶女人）

Ugly girls are like unicorns, they don't exist!

Ne sois pas original, sois unique!

不求創新，但求獨一無二。——趙無極

Do not be original, be unique!

Renren法語小百科

小時候常被文青老爸帶去台北的美術館或博物館看展，趙無極（1921-2013）就是在老爸引介下認識的第一位抽象畫畫家。趙無極出生於中國北京書香世家，由於家境富裕得以送他去讀美術學校。儘管開過個人畫展，但他仍覺得不足，27歲時前往巴黎深造。他結合中國的山水畫與西方抽象畫，創造出獨特的風格。趙無極後來取得法國籍，更榮獲法國榮譽軍團司令及勳章。2002年，被選為法蘭西藝術學院院士，並授予榮譽勳章。2011年，他與第三任法國妻子搬到瑞士定居，兩年後以92歲高齡病逝。

用中文烙法文

original 歐厂一居納了
〔形容詞〕創新的、別出新裁的、獨創的

unique 淤逆可
〔形容詞〕獨特的、無以倫比的、獨一無二的

不需要消費的世界，是老公心中的烏托邦

各位看到Renren下這個標題，可不要認為老公是個在法國混不下去才來台灣討生活的西洋魯蛇。相反的，老公是極具智慧跟（工作）能力的人。然而他的中心思想，應該說是信仰，卻與一般世間人背道而馳。

老公住在法國時，從來不到台灣也知名的連鎖賣場，例如家樂福，或在法國很平價，但台灣卻滿高貴的麵包店消費，例如PAUL。後來從巴黎搬到諾曼第鄉間的老公，通常都跟住在附近的小牧場買牛奶和乳製品，而他也完全不去百貨公司買衣服，身上穿的大多是從網路買來的宅男風T恤，或是朋友送他的衣服。根據老公的說法，他很希望全天下的人都能用自己的智慧與技能生存。總之，人類不再被大企業壟斷、科學發展也不再以賺錢為目的、人類不再成為金錢的奴隸等等，這些都是老公心目中大同世界所構成的元素。這應該是法國人另類的浪漫情懷吧?!

然而緣分真是一個奇妙的東西。看到這裡，各位應該猜得到認識老公前的Renren很愛買東西，甚至奉《慾望城市》裡的女主角凱莉為楷模。那時作夢都沒想到會跟不愛花錢又反對消費主義的男人共度一生！剛結婚時，Renren尚未戒掉衝動購物的習慣，還會幫老公買新衣服。記得那時老公經常抱怨說：住在台灣的日子，是他生命中擁有最多件衣服的時期，還常碎念Renren是《慾

望城市》的受害者（victime）。然而隨著兩人相處模式變成老夫老妻、轉職，加上老公時不時的精神訓話，例如：一個人重要的不是外表，而是內在；妳又不是名人所以沒人會真的在意妳的身材或洋裝……導致Renren活得越來越隨興，也很少買衣服、鞋子了。

　　Renren的小姑也跟老公一樣，會賺錢卻不愛花錢。這絕對不是家族遺傳，因為他們的爸爸媽媽很愛買東西。小姑來台灣觀光時，不曉得是不是聽老公提過台灣修改衣服很有效率而且很便宜，所以從法國帶來的衣服大多都需要修補，甚至還包含貼身的胸罩！相信許多人都跟Renren一樣，覺得胸罩穿壞了就買新的，幹嘛拿去修補?!但，可能是台灣的修改技術真的太厲害了，從鋼絲脫落的胸罩到蕾絲紗裙都有辦法修補好，而讓小姑對技術跟價錢讚不絕口！

　　雖然老公表面看起來不愛花錢又很小氣，但他並不是一隻鐵公雞。舉凡家中的房租、日常開銷，或是出國旅行的費用，全部都是老公負責。老公常跟Renren說：「妳用畫畫賺來的錢就自己存起來。」除此之外，他對親人、好友也很大方，因為他總認為「錢不是問題」，應該要幫助有急用的人（這種想法在台灣應該能獲選好人好事代表吧？）

　　老公在搬來台灣前，把車子賣給一位不太熟識的朋友，沒想到好幾年過去了，那個人居然一直沒付錢！前幾天跟老公提起，

他居然老早就把這件事拋到九霄雲外！Renren常被老公叨唸不懂得做生意，因為每次都被客人殺價，不過從個性看來，他才是不會做生意的人吧?!

用中文烙法文

consommation（空搜媽雄） 消費

perdant（胚喝懂） 失敗者、魯蛇

esclave（ㄟ死客辣夫） 奴隸

victime（V可停麼） 犧牲者、受害者

radin（哈黨） 小氣鬼

économiser（欸摳糯米皿） 省錢

Aller au marché apporte autant de satisfaction que de lécher les vitrines.

電腦公司採購轉行去買菜

　　前面文章提到，老公單身住法國時，是不上大賣場、不買量販食品的覺醒「青年」（？）。然而搬到台灣定居後，由於飲食文化不甚相同，只好接受Renren到美式或法式大賣場去買他最愛的起司、生火腿、豆類罐頭跟生菜（話說，老公以前在法國還會自己種菜來吃！）

　　老公算是很好養的人，唯一會抱怨的是：「為什麼總是不準備好食物的庫存呐?!」說實話，Renren壓根沒有囤糧的念頭，就算是颱風要來了，也甚少去市場搶青菜。總而言之，台灣雖小但生活機能十分便利，米或醬油沒了，可以隨時去採買；再說，家裡也只有兩個人，實在不需要什麼庫存吧?!Renren想，這可能跟老公長期住在法國有關。法國的商店很少像台灣營業24小時、一週開門7天。而且並不是每個人都住在市區，只要走幾步路就有超商或賣場。所以他們自然而然就有囤積生活必需品的習慣。例如，Renren的公婆雖然住在南法大城，但距離最近的家樂福，開車也要20分鐘左右。抱歉，沒有公車或捷運可到喔！

　　結婚轉職前，Renren的工作是電腦公司的採購，嫁給老公後變成了家裡的食物採購專員。所以藉此想運用Renren粗淺的知識，來教教各位如何買到一塊適合自己的起司。基本上，起司分成以下幾種：

Camembert　　Brie　　Comté

Emmental　　Gouda　　Raclette

Feta　　Mozzarella　　Roquefort

Fromage à pâte fondue

❶ 適合塗麵包的**軟起司**（fromage à pâte molle）：又分成洗皮起司跟白紋起司兩種。洗皮起司由於浸泡在鹽水或酒裡，所以味道比較重，有人說很像阿摩尼亞的味道，而外觀則是呈現黃色或是橘色。這種起司在台灣較難找到。白紋起司則是在製造過程中，於表皮撒上白黴菌，在台灣算是受歡迎的一種。法國的卡門貝爾（Camembert）或布利（Brie）都是推薦的入門款。這些軟起司很適合塗在麵包上，或配紅白酒一起享用。

❷ **硬起司**（fromage à pâte pressée）：這些起司大多呈鮮黃色，台灣可以買到的有法國的康提（Comté）、義大利的帕瑪森（Parmesan）、荷蘭的高達（Gouda）跟瑞士的艾曼塔

（Emmental），還有拉可雷特起司（Raclette）。 其中，康提起司味道淡淡的，可以當零嘴。艾曼塔起司是黃色的，且帶有很多洞，卡通漫畫裡的應該都是這種起司。Renren家則常在三明治裡夾入艾曼塔起司。硬起司裡值得一提的，是用融化的拉可雷特起司淋在煮熟的馬鈴薯、香腸火腿、肉類、青菜跟醃製品上，就是一道瑞士家常菜──Racelette，中文稱為烤起司。

❸鮮起司（fromage à pâte fraîche）：這種完全沒有臭味只有奶味的起司，應該最為台灣人接受了。鮮起司只是牛奶加熱或加酵素結塊之後，以紗布包裹起來擠乾水分製成的，所以只能在冰箱短期保鮮，不能超過一星期，否則可能變質、變臭。希臘的菲達山羊起司（Feta）、義大利的莫札瑞拉起司（Mozzarella）、法國的聖瑪莉（Sainte-Marie，這個Renren在台灣沒找到，但因為跟老公同姓，值得推薦XD），都是用來搭配生菜沙拉或番茄的良伴！

❹加工起司（fromage à pâte fondue）：小朋友最愛的口味。是用起司、奶油、鮮奶油、牛奶跟香料混合後的成品。台灣也買得到的法國品牌「微笑乳牛」（La Vache qui rit）所製造的那種圓盒裝起司塊，就是最好的例子。

❺巴西里藍紋起司（fromage à pâte persillée）：顧名思義，藍紋起司就是可以在起司上看見藍色（或綠色）的紋路。這種用青黴菌發酵的起司是老公的最愛（因為超臭！）在台灣可以買到

的是義大利出產的古岡左拉（Gorgonzola）以及法國的洛克福（Roquefort）。這類起司的味道較重且較鹹，很適合拿來入菜，做成比薩或義大利麵。洛克福堪稱是藍紋起司的王者。聽說很久以前，法國有位年輕的牧羊人帶著羊奶跟麵包去放牧，在路上遇到一位美少女，一見傾心。所以他把食物放在一個山洞裡去追這名少女，不幸的是過了好幾天牧羊人都追不到，於是他悻悻然回到山洞，要把留在那兒的東西吃掉。但是經過幾天麵包發霉了，連帶放在旁邊已經凝固的羊奶也發霉了。由於肚子太餓，牧羊人只好硬著頭皮試試發霉的凝固羊奶，沒想到居然是人間美味。這就是洛克福起司的由來。

　　希望這篇文章能幫到想吃起司又不知從何入門的人！

用中文烙法文

faire les course（飛喝壘酷喝死）	買菜
fromage（佛馬舉）	起司、乳酪
tartiner（他喝聽餒）	抹（果醬、奶油等）在麵包上
salade（撒辣的）	生菜
La Vache qui rit（喇發許ㄎㄧˇㄏㄧ）	微笑乳牛
Ça pue!（傻噗）	好臭啊！

On possède plus que ce dont on a besoin.

我們擁有的遠比我們需要的還多。

What we have is more than what we need.

用中文烙法文

possède 頗寫的
［動詞］擁有、占有
（原型動詞是posséder 頗寫爹）

ce 捨
［代名詞］這⋯、那⋯

société 收西欸鐵
〔名詞〕社會

confiance 空夫一翁死
〔名詞〕信任、信心

Dans notre société actuelle tout peut s'acheter. Tout, sauf la confiance.

現在的社會什麼都買得到。全部，除了信任。

In today's society, everything, can be bought. Everything, except trust.

用中文烙法文

quand 汞
[連接詞] 當……時

perdre 配喝得喝
[動詞] 失去

Quand tu n'as rien,
tu n'as rien à perdre.

當你一無所有,你就沒有什麼可失去的。

When you got nothing, you got nothing to lose.

Ce sont souvent les femmes les moins brillantes qui ont le plus de bijoux.

通常最不耀眼的女人擁有最多的珠寶。

There are always the least brilliant women who possess the most jewelries.

用中文烙法文

brilliant 晡依永
[形容詞] 閃耀的、發亮的
（這裡因為名詞女人是陰性又是複數，所以形容詞要加上 e 跟 s 變成 brillantes 晡依永特）

bijou 逼啾
[名詞] 寶石、珠寶
（短句中因為名詞珠寶是複數，所以加上一個 x 變成 bijoux，唸法不變）

Celui qui a dit que l'argent ne fait pas le bonheur, ne savait pas où faire les boutiques.

說金錢買不來快樂的人，其實只是不知道要去哪裡買東西。

Whoever said money can't buy happiness simply didn't know where to go shopping.

用中文烙法文

argent 阿喝窘
〔名詞〕金錢

boutique 晡體可
〔名詞〕商店

Renren法語小百科

這個短句裡的片語faire les boutiques 是採購、買東西的意思。另一個常見的說法是faire du shopping. 而逛街的法文是 lèche-vitrines 累噓-V褪恩呢，字面上直譯是「舔窗戶」。是不是很有畫面呢？

SOLDES

bonheur 繃呢喝
[名詞] 幸福、快樂
presque 胚司可
[副詞] 幾乎
mineur 咪呢喝
[名詞] 未成年人

Renren法語小百科

法國人的合法飲酒年齡
為16歲，但不少成年
人覺得給小朋友喝一點
葡萄酒無傷大雅。

Tu ne peux pas acheter le bonheur,
mais tu peux acheter un peu de vin.
Et c'est presque la même chose.

你買不到幸福，但可以買一些酒。
這兩種東西帶來的感受是一樣的。

You can not buy happiness, but you can buy some wine. And it's almost the same thing.

未成年請勿喝酒。（Les mineurs ne peuvent pas consommer de l'alcool.）

preuve 夊喝夫
[名詞] 證據、證明

chaussure 修許喝
[名詞] 鞋子

Renren法語小百科

灰姑娘的法文是Cendrillon
松督伊永，是從灰燼、
骨灰的cendre 松得喝字
根衍生出來的。菸灰缸
（cendrier） 也是其中一
例。《灰姑娘》的作者
其實是17世紀的法國男
子夏爾·佩羅（Charles
Perrault），家喻戶曉的
《睡美人》《小紅帽》《穿
長靴的貓》也是他的作品。

Cendrillon est la preuve qu'une paire de chaussures peut changer votre vie.

灰姑娘的故事證明，一雙新鞋子能夠改變你的生命！

Cinderella is a proof that a new pair of shoes
can change your life.

Le capitalisme, c'est Darwinisme appliqué à l'économie.

資本主義就是經濟上的達爾文主義。——Renren的老公

Capitalism is Darwinism applied to the economy.

用中文烙法文

capitalisme 咖匹塔裡死麼
［名詞］資本主義

appliqué 阿劈哩給
［動詞］應用

（原型動詞是appliquer 阿劈哩給）

Renren法語小百科

Renren不想提倡購物欲，卻遍尋不著
類似的短句，於是請出老公想出這句。
這裡的達爾文主義代表「演化論」，即
物競天擇、適者生存的道理。老公認為
在金錢至上的21世紀，資本主義就好
比另類的演化論：有能力的人輕而易舉
在大企業找到一席之地、有錢的人越來
越有錢，但貧窮或能力不足的人卻越來
越難翻身。透過這張圖Renren想表達
不少人窮得只能去大型超市的垃圾車找
過期淘汰的食物，而這在許多國家都是
違法的。但是，說實在的，被丟掉的食
物大多都還能食用耶！

cintre 桑特喝
〔名詞〕衣架

armoire 阿喝磨阿喝
〔名詞〕衣櫥

J'aime mon argent quand il est là où je peux le voir : sur des cintres, dans mon armoire.

我喜歡看到自己賺的錢：掛在衣櫥裡的衣架上。
——《慾望城市》之凱莉

I like my money where I can see it, hanging in my closet.

Je pourrais abandonner le shopping, mais je ne suis pas une lâcheuse.

其實我可以放棄購物，但我不是個半途而廢的人。

I could give up shopping, but I'm not a quitter.

abandonner 阿繃動内
〔動詞〕放棄、拋棄

lâcheuse 拉捨死
〔名詞〕無情無義的女性、
輕易放棄的女性

lâcheur 拉捨喝
〔名詞〕無情無義的男性、
輕易放棄的男性

Je ne suis pas accro au shopping.
J'aide l'économie!

我沒有購物成癮症，我幫助經濟成長！

I'm not addicted to shopping. I help the economy!

用中文烙法文

accro au 阿闊 喔
［片語］對……上癮、沉迷於……

économie ㄟ摳糯米
［名詞］經濟

antidépresseur 翁踢爹賠捨喝
[名詞] 抗憂鬱的藥物、興奮劑

assurance maladie 阿許哄死 媽拉地
[名詞] 健保

（assurance 在這裡是保險之意，maladie則是指疾病，兩個字合起來有健康保險或醫療保險的意思）

Le shopping, c'est tellement le meilleur antidépresseur du monde qu'il devrait être remboursé par l'assurance maladie.

購物是全世界最棒的抗憂鬱劑，它應該要被納入健保給付項目。

Shopping is really the best antidepressant in the world that it should be reimbursed by health insurance.

在法國，要懂哲學才能從高中畢業

　　老公在大學時主攻美術，每次講到上大學的事情，他總是鼻子翹高高很驕傲地說：「Renren妳知道嗎？我可是全校第一位以科學組（類似台灣的理工科）文憑，被文科藝術大學接受入學的學生喔！」

　　在法國，高中生想畢業得通過高中文憑會考（baccalauréats，簡稱bac）。針對以進入大學深造為目標的普通高中來說，文憑會考分成：文學組、經濟社會學組、科學組。而職業高中（就是台灣的高職）學生，也要通過技術類高中文憑會考，才能進入職場或去上2年制的高等技術訓練學院。

　　讀高中時，老公以考上大學數學系為志而選擇科學組（雖然後來轉系去讀美術系）；即便如此，他們理科生每週還是得上2小時以上的哲學課。因為文憑會考的科目除了平時在學校學習的課程外，還要接受哲學考試這個重頭戲——無論是普通高中的任何組別，或是職業高中都「無可倖免」。

　　哲學考試根據文學組、經濟社會學組、科學組以及技術組分為4類，每一類題目則有3題讓考生自由選擇一題回答，而這3個題目包含兩題申論題跟一題根據經典文獻的解析評論。考試的時間為4小時！自從法文程度到進階級數之後，Renren就開始注意每年法國高中生的哲學考題，在這跟各位分享2016年的考試題目吧！

普通高中經濟社會組的哲學考題如下：

❶我們是否總是知道自己的渴望？（Savons-nous toujours ce que nous désirons？）

❷爲什麼我們對學習歷史有興趣？（Pourquoi avons-nous intérêt à étudier l'histoire？）

❸評論笛卡兒《哲學原理》的文獻（explication de texte : René DESCARTES, Principes de la philosophie, 1644）。考題會節錄笛卡兒一段冗長的文章。

讀者們看到這些題目後，是不是也跟Renren一樣腦袋一片空白，但同時也覺得法國高中教育很厲害呢？

有趣的一點是，全法國都很注重這個哲學考試，每當考完還會有平面媒體把所有的考題羅列出來，並請專家作答。如果想讓法文（或思考能力）更進一步的讀者，可以去找歷年考古題來讀讀。以前Renren還是高中生時，只會死背國文、英文、歷史地理跟數學公式，到現在還會夢到考大學書背不完的惡夢。

Renren相信一定是因爲從小接受哲學的薰陶跟獨立思考的訓練，所以法國人才這麼愛抬槓跟辯論；還因爲如此，Renren無法跟老公吵架——因爲兩個人的邏輯思維差太多了！老公很訝異Renren在學校沒學過哲學，這應該是老公來台灣後感受到最大的

文化衝擊了XD，他甚至還質疑台灣的學生在學校到底學了什麼對生命有用的科目。在台灣，似乎一切都以經濟效益為考量，就連在學時選科系也要找一個將來看起來比較有「錢」景的來讀。最近台灣教育界開始提倡讓高中生讀哲學、學習思考，Renren也覺得哲學應該要列入必修學分，因為除了賺錢、休閒娛樂、建立家庭或走世俗眼光所謂的政治正確道路外，擁有一顆能獨立思考，不被輕易矇騙的腦袋也很重要呢！下面來教大家一些關於法國學制的法文吧！

maternelle（媽貼喝餃了）	幼兒園（3～6歲，共3年）
école élémentaire（欵口了 欵蕾蒙鐵喝）	小學（6～11歲，共5年）
collège（摳疊舉）	中學 （11～15歲，共4年。這個字跟英文的大專college沒有關係喔！）
lycée（哩寫）	高中（15～18歲，共3年）
bac（爸可）	高中文憑會考
université（淤泥非喝西鐵）	大學

D'après mon mari, beaucoup de taiwanais sont superstitieux.

鐵齒的老公是個大哲學家

這陣子為了畫關於哲學的嘉言金句，Renren花了不少時間重溫一些世界知名哲學家的名言。讀到法國最有名的存在主義大師——沙特（Jean-Paul Sartre）的主張時，這才驚覺原來老公根本是沙特的「傳人」。

這是因為老公在日常生活中與Renren意見相左的想法，往往都跟沙特的觀念不謀而合，尤其有關宗教、死亡，還有超自然現象的話題！幸好老公算是個心胸寬大的人，不曾試圖改變Renren的想法。但由於老公很不喜歡某個西方宗教，原因並非個人主觀感覺，而是根據他那深厚的西方歷史研究得出的感想，還曾烙下狠話，表明如果有天Renren開始皈依那個宗教，他一定會離開這個家。也太極端了吧！

跟沙特一樣，老公並不相信上帝創造人類，而且對他來說，沒有上帝就自然沒有鬼魂。心智堅強的老公對於一切無法用科學方法證明、毫無證據的現象，都抱持不信邪、敬鬼神而遠之的態度。然而，Renren由於生長在《通靈少女》（The Teenage Psychic，2017年HBO Asia播映，根據台灣民間信仰改編的熱門影集）的國度，心中自然會對鬼神之說存有敬畏之心。

在尚未認識老公前，Renren曾經走訪月老廟求姻緣，而且不久後就結識老公了（這可能是巧合而已！）；在插畫事業剛起步

時，也跑去行天宮拜拜求工作機會，結果老公跟Renren說：「妳應該拜我才對，因為我才是指導妳畫畫技能的那個人！」

　　更令人氣餒的是，Renren把老公當成最值得信賴的人，所以跟他坦白從小到大的幾次毛骨悚然撞鬼經驗，沒想到老公竟然嗤之以鼻地說，可能是Renren喝醉了，頭腦亂七八糟才會這樣（但Renren很少喝醉，更何況未成年時根本沒有喝過酒啊）。不然就是說，缺乏證據他是不會相信的（難道要在遇鬼的當下拿手機出來照相嗎？）總而言之，老公是個非常鐵齒的人，一直認為Renren太迷信，更拒絕相信宇宙中有外星人，雖然Renren覺得他根本就是移居地球的其中一名！

　　其實Renren很佩服老公那鑽研真理的處世哲學，沒在睡覺時他的頭腦總是不停運轉，平時問一些比較難懂的問題，老公也大多能對答如流。之前上法語檢定準備班時，台籍的法語老師告誡大家一定要隨時隨地思考，因為大多數法國人都這樣（是因為受過哲學訓練的關係嗎？）例如，到超市購物，發現突然推出了許多葡萄牙進口的食品，就可以想一想為什麼會發生這種現象，還可以上網找資料跟自己的想法對照（簡直和老公的作法一模一樣）。而老公最讓Renren望塵莫及的則是他的死亡哲學，他認為也堅信人死了就是消失了，沒有什麼好留戀跟恐懼的，而且這個世界並沒有前世今生或天堂地獄。

　　這種說法聽起來雖然可怕，但也讓人覺得更要把握在世間的

每一分每一秒。有一次問老公，如果他先死了要怎麼處理他的軀殼，老公帥氣地丟下一句：「隨便妳怎麼做都可以！」Renren認為這才是最極致的存在主義信奉者呀！

用中文烙法文

philosophe（夫一樓搜ㄈ）　　　　哲學家

fantôme（瘋桶麼）　　　　　　　鬼魂

temple（通ㄆ了）　　　　　　　　廟宇

superstitieux（蘇配喝死踢朽）　　迷信的

extraterrestre（欸顆司他貼黑死特）外星人

mort（末喝）　　　　　　　　　　死亡

somme 送麼
［名詞］總數、總合
malheur 媽了喝
［名詞］不幸、厄運

Renren法語小百科

這句話出自法國劇作家馬
塞爾・阿夏爾（Marcel
Achard, 1899-1974）意
思是：人生總是充滿苦
難，要是一個人在此生未
經歷過重病、橫禍、破產
等不幸，那麼把這些不曾
經歷過的苦難加總起來
不就等於一個人的幸福
了嗎。法國人好難懂呀！
（苦笑）

Le bonheur, c'est la somme de tous les malheurs qu'on n'a pas.

幸福就是我們從未經歷過的苦難總合。——馬塞爾・阿夏爾

Happiness is the sum of all the misfortunes that one does not have.

Quand la vie vous donne des citrons, faites des MOJITOS!

當生命給你又酸又苦的檸檬時，你可以把它做成莫希托雞尾酒。

When life gives you lemons, make MOJITOS!

citron 希桶

[名詞] 檸檬

mojito 摸厂ㄧ頭

[名詞] 莫希托

（一種傳統的古巴雞尾酒。由五種材料製成：淡蘭姆酒、白砂糖 [傳統使用甘蔗汁]、檸檬汁、蘇打水和薄荷。）

Renren法語小百科

這句出自英文諺語：When life gives you lemons, make lemonade.（當生命給你又酸又苦的檸檬時，你可以把它做成又甜又好喝的檸檬汁）。但不知道從何時起，有些法文網站把檸檬汁改成了莫希托。我猜應該是因為莫希托用了不少檸檬汁吧。法國大約在2000年左右引進這款古巴經典調酒，短短時間就擄獲人心，2013年還被票選為最受歡迎的雞尾酒。

c'est 些
［指示代名詞］這是

vieillir V欸依喝
［動詞］變老

Renren法語小百科

西蒙波娃（Simone de Beauvoir）1908
年生於巴黎，41歲時出版了關於存在主義
與女性主義的《第二性》，甫一出版即大
賣，卻也被梵蒂岡列為禁書。1971年，
波娃、莒哈思（Marguerite Duras）、沙
崗（Françoise Sagan）、凱薩琳·丹芙
（Catherine Deneuve）及其他總共343
位有聲望的女性在法國《新觀察家週刊》
連署了一份〈343蕩婦宣言〉（Manifeste
des 343 Salopes），聲稱自己墮過胎，
並且要求墮胎合法化，還給女性身體自主
權。人工流產在當時屬非法行為，在343
位勇敢女性冒坐牢風險為全法國女性爭取
權利下，3年後，法國通過法案允許懷孕5
個月內的女性可自主中斷妊娠。

Vivre, c'est vieillir, rien de plus.

活著，沒有別的，就是變老而已。——西蒙波娃
To live is getting old, nothing more.

L'intelligence, c'est comme un sous-vêtement. Il faut en avoir mais ne pas l'exhiber.

智慧好比一件內衣。我們需要擁有它，但我們沒有必要炫耀它。

Intelligence is like an underwear. It is important that you have it, but not necessary that you show it off.

用中文烙法文

sous-vêtement 蘇非特蒙
〔名詞〕內衣

exhiber 欸咳希杯
〔動詞〕展示、炫耀

La vie, c'est comme une bicyclette, il faut avancer pour ne pas perdre l'équilibre.

人生好比騎單車，必須勇往向前才不至於失去平衡。
——愛因斯坦

Life is like riding a bicycle. To keep your balance, you must keep moving.

用中文烙法文

bicyclette 逼希可類特
〔名詞〕單車

équilibre 欸可以利伯喝
〔名詞〕平衡

Il y a beaucoup de gens qui lisent parce qu'ils sont trop paresseux pour penser.

許多人讀書只是懶得自己思考。

There are many people who read simply to prevent themselves from thinking.

La vie est vraiment simple, mais nous insistons à la rendre compliquée.

本來無一物，何處惹塵埃？

（原意是「人生原本很簡單，但我們堅持把它搞得很複雜」。）

Life is really simple, but we insist on making it complicated.

用中文烙法文

insistons 盎西斯同
［動詞］堅持
（原型動詞是insister 盎西斯鐵）

compliquée 空皮力給
［形容詞］複雜的

La rêverie est le dimanche de la pensée.

白日夢是思考的星期天。

Daydream is the Sunday of thoughts.

用中文烙法文

rêverie 黑ㄈㄏㄧ
〔名詞〕白日夢、幻想

dimanche 低夢許
〔名詞〕星期天

捕夢網是北美印第安文化之一，這種手工藝品是用柳樹做框，並把棉線編成蜘蛛網狀。印第安人相信這個網會捕捉美夢和意念，壞東西則會進入網洞裡。簡單來說，掛上捕夢網就能「捕捉」好夢，阻擋惡夢。捕夢網的法文唸成 capteur de rêves 咖ㄆ特 的 黑ㄈㄜ。

Nous naissons tous fous.
Quelques-uns le demeurent.

我們都生來瘋狂，而有些人則永久保留它。——等待果陀

We are all born mad. Some remain so.

用中文烙法文

naissons 捏聳
[動詞] 誕生
（原型動詞是naître 內特喝）

demeurent 的麼喝
[動詞] 停留、延續
（原型動詞是demeurer 的麼黑）

Renren法語小百科

相信很多人跟我一樣耳聞《等待
果陀》（En attendant Godot）許
久，卻不知道這部法國戲劇在演
什麼。聽說內容是在講述兩位流
浪漢：迪迪和果果，在等一位名
叫「果陀」的人。有評論說，這
部戲印證了存在主義或佛洛伊德
心理學的論點。

用中文烙法文

suis 蘇以
〔動詞〕是、在
（用於第一人稱，也就是「我」。
原型動詞是être 欸特喝）

donc 動可
〔連接詞〕因此、所以

Renren法語小百科

勒內・笛卡兒，也譯作笛卡爾
（René Descartes, 1596－
1650），是法國著名的哲學家、
數學家、物理學家。他對現代數
學的發展做出了重要貢獻，更因
為將幾何坐標體系公式化而被公
認為解析幾何之父。（其實這是
我從維基百科抄來的ＸＤ）

Je pense donc je suis.
(Cogito, ergo sum)

我思故我在。——笛卡兒（原文是拉丁文）

I think, therefore I am.

用中文烙法文

doute 度特
[名詞] 懷疑

sagesse 沙覺死
[名詞] 智慧

Le doute est le commencement de la sagesse.

懷疑是智慧的源頭。——亞里斯多德

Doubt is the origin of wisdom.

這張圖完全是真實經驗。剛學法文時，外籍老師居然教錯基本動詞變化。
所以，這是要告訴大家千萬不要迷信外師。XD

Qu'est-ce qu'exister ? Se boire sans soif.

存在是什麼？就是不渴的時候喝水。——沙特

What is that to exist? To drink without thirst.

exister 欸歌西死鐵
［動詞］存在

soif 司挖夫
［名詞］口渴

Renren法語小百科

沙特是存在主義的代表人物，也是西蒙波娃的「非傳統」愛人。他曾經以《嘔吐》一書獲得諾貝爾文學獎，也是第一位拒領諾貝爾獎的人。沙特的存在主義主張人類除了生存之外，沒有所謂的道德或靈魂，因為這些都是人在生存中創造出來的。所以人類沒有義務遵守某個道德標準或宗教信仰，但是有選擇的自由。

上述短句出自他的小說《通往自由的道路》（Les Chemins de la liberté）。根據沙特的理論可以概略解讀成：口渴是一種需要，但是「存在的當下」不能有任何潛藏內心的可能性，所以「需要做什麼」或「需要」是不存在的。因為「需要」是一種理想的順序跟主張，而存在主義並不接受這個觀點。因為需要才去從事一個行為，因為口渴才喝水，完全違反存在主義。同理可證，在不口渴的時候喝水，就沒有促使「需要」喝水的因子，所以才存在。

好複雜啊！不過醫學證實，不口渴時也要喝水，這樣有益健康！XD

聖誕市集是台灣夜市歐風進階版

2016年的年底，我們居住的城市——台北終於引進史特拉斯堡（Strasbourg）的聖誕市集（Marché de Noël）了！雖然 Renren 沒去實際體驗，但從網路論壇或新聞都發現這一次的創舉負評不斷，多半是參觀動線、販賣商家、售票的方式等等都為人詬病，不過最讓Renren滅火的是那棵掛著大大贊助廠商名牌的聖誕樹（既不是台灣，更不是法國的贊助商）。

這個奇妙的情景讓我想起2年前跟老公回法國過聖誕節時，婆婆帶Renren去逛鄰近市民中心舉辦的聖誕市集，他們販賣的東西也微妙的沒什麼聖誕味，倒是有不少小農或手工藝者拿自己的農產品或作品出來販賣，還有很像淡水捷運站會出現的畫家幫人畫頭像，最有節慶感的除了現場的聖誕老公公之外，就屬一位法國太太的攤位：販賣她在彩色書面紙上寫的「命運」或「愛永」等不知所云的中文書法、印有奇怪中文字的馬克杯香氛燭，以及莫名的bling-bling龍雕塑品。

在公公婆婆還年輕，甚至老公小時候的年代，法國是不時興聖誕市集的。聖誕市集的起源來自16世紀法國最東邊亞爾薩斯區（Alsace），與德國只隔一條萊茵河的史特拉斯堡，這個城市在歷史上曾多次被德國跟法國擁有，所以每次公公婆婆都會說：「唉呦！聖誕市集不是法國的產物，它是亞爾薩斯區來的。」

（嗯，說得好像史特拉斯堡不是法國的一樣！）

　　很幸運地Renren有一年去造訪了南部大城所舉辦的聖誕市集，當天雖然沒遇上下雪，但那應該是Renren一生中經歷過最有聖誕味的日子了。美麗的街燈、大型光雕藝術、歡欣的路人，以及沒有掛贊助廠商標誌或俗氣的Merry Xmas字樣的高大聖誕樹，所有的事物都讓人真真正正覺得「哇！聖誕節要來了呢！」當然大型聖誕市集賣的東西琳瑯滿目，除了聖誕節要喝的熱紅酒（公公婆婆又說了：這不是法國的傳統產物）、小吃、糖果餅乾、玩具，甚至連文具都有。Renren覺得自己去的聖誕市集簡直是台灣花園夜市的進化版吶！

　　每年接近聖誕節，甚至更早的11月中開始，法國各個城市的聖誕市集就陸陸續續開張。大家最愛也最想去的巴黎就有好多個聖誕市集等著人們去參加，例如，聖日耳曼德佩區（Saint-Germain-des-Prés）、香榭麗舍大道（Champs Élysées）、蒙馬特（Montmartre），或是艾菲爾鐵塔下投卡德侯花園（Trocadéro）的聖誕市集都是充滿聖誕氣氛的好地點。

　　說實在話，Renren覺得台灣並不需要仿效歐美發展什麼聖誕市集（不過，商人們會哭哭吧 ?!）其實台灣有更具特色的年貨大街啊！只要把年貨大街弄得精緻又乾淨，然後不要每一攤都賣差不多的商品，也會變成台灣節慶特有的景點，想必也能吸引更多的年輕族群去辦年貨吧（咦？）。

　　物以稀為貴：或許因為這樣連Renren的法國家人們也喜歡參加這一年一次的聖誕市集。

　　同時，希望有一天各位也都有機會飛到法國去體驗真正的聖誕節氣氛喔！

marché de Noël（媽喝雪的諾耶）　聖誕市集
sapin de Noël（沙盤的諾耶）　聖誕樹
vin chaud（防休）　熱紅酒
Joyeux Noël（豬啊有諾耶）　聖誕節快樂
marché de nuit（媽喝雪的ㄋㄩˋ）　夜市

Noël, pour les français, c'est un peu comme notre nouvel an chinois.

法國人的聖誕節是台灣人的大過年

　　Renren夫家本姓「聖瑪利」，中文聽起來跟聖母瑪利亞有親戚關係，而且信仰很虔誠，不過這一切都是假象。除了老公跟小姑學生時期都上天主教學校外，他們家一點都看不出有任何信仰的跡象。公公婆婆來台灣時，還讓Renren帶著他們去台南的大天后宮拜拜求平安符，也去平溪放天燈幫他們的朋友祈禱。所以每年一度的聖誕節，他們也不會跟電影情節一樣到教堂望彌撒或是去街上唱詩歌，而且無論是Renren家或公婆家都不會放聖誕樹或聖誕馬槽小擺飾（crèche）。但是，平安夜（Réveillon de Noël）全家一起吃大餐是公婆家絕不可少的儀式。可惜的是，自從老公搬到台灣後，因為工作繁忙，至今只有在聖誕節期間返回老家過一次節。

　　在台灣或是日本一些非天主教、基督教信仰的東方國家，聖誕節是餐廳、百貨公司，還有旅館生意大好的時候。聽說日本人在聖誕節一定要吃草莓蛋糕（這項新的傳統好可愛）。

　　喜歡看西方電影或影集的人一定知道，聖誕節之於法國及其他歐美國家，等同台灣跟華語國家的農曆新年，而平安夜就好比台灣的除夕，一定要全家圍爐吃聖誕大餐。老公家裡的聖誕大餐還滿傳統的：喝不完的開胃酒、香檳、紅白酒、烤火雞（怎麼跟美國的感恩節一樣！）、生蠔、鵝肝，還有最後的甜點——聖誕

樹幹蛋糕。

　　不過法國人沒有送紅包的習慣，取而代之的是交換禮物。前一篇文章有稍微提到熱紅酒，Renren認為在聖誕節期間喝熱紅酒就好像英美人要喝蛋奶酒是一樣的概念。熱紅酒的製作非常容易，只需要準備一瓶不太貴的紅酒，混合1顆檸檬與柳橙皮的碎末與果汁、2支肉桂棒、2顆八角、幾枚丁香、砂糖，然後放到鍋子裡煮熱就可以喝了喔！

　　除了聖誕老人之外，法國也有一種讓小孩期待的東西叫作耶誕倒數日曆（Calendrier de l'Avent），其實這個傳統始於 19 世紀的德國，後來才漸漸風行整個歐美。 耶誕倒數日曆的概念是從 12 月 1 號到 24 號作成小口袋或小箱子共 24 個，每一格裡面都會放一個小禮物，讓孩子們每天打開一格拿一個小禮物，這樣一來他們就會越來越期待聖誕節的到來 。這幾年有廠商開發供應成人使用的耶誕倒數日曆禮盒，在精美的格子裡面裝有 24 種不同種類的香氛保養品、巧克力甜點，甚至是啤酒、威士忌等酒精類飲料。相信在不久的將來，台灣一定會引進這種風潮。

　　不曉得大家是不是跟Renren一樣對聖誕節越來越無感？在消費主義至上的時代，幾乎全世界的人都把聖誕季當成了主要的購物節。Renren沒有加入任何宗教，當然也不是教徒，但Renren覺得一年一次的聖誕節不只是大餐禮物或狂歡，懷著一顆感激的心謝謝自己跟身邊的人、好好回想這一年做了什麼、未完成的又是

什麼，才是聖誕節的意義。

　　最後的最後再教大家一些實用的小法文，希望各位會喜歡這本小書，期待下次見～À plus!

repas de Noël（喝怕的諾耶）　　　　聖誕大餐

réveillon de Noël（黑非永的諾耶）　　平安夜

champagne（胸判捏）　　　　　　　　香檳酒

dinde rôtie （當的夠體）　　　　　　烤火雞

foie gras （發寡）　　　　　　　　　鵝肝

bûche de Noël（不許的諾耶）　　　　聖誕樹幹蛋糕

À plus!（阿ㄆ律斯）　　　　　　　　待會兒見！

用中文烙法文

partage 趴喝他舉
［動詞］分享
（原型動詞partager 趴喝他噢）

voilà 發嗚哇啦
［介詞］那就是、這就是

Plus on partage plus on possède.
Voilà le miracle.

我們分享得越多，擁有的就越多。 這就是奇蹟。

The miracle is this - the more we share, the more we have.

Les plus belles fêtes sont celles qui ont lieu à l'intérieur de nous.

最美好的節慶發自我們的內心。

The most beautiful festivals are those that take place inside our hearts.

用中文烙法文

fête 飛特
〔名詞〕節日、慶典、紀念日、宴會

intérieur 尢貼厂一耳喝
〔名詞〕內部、內在

用中文烙法文

gâteau 嘎頭
〔名詞〕蛋糕
réunion 黑淤泥泳
〔名詞〕集合、會議

Une fête sans gâteau n'est qu'une simple réunion.

一個沒有蛋糕的饗宴，只不過是一場集會。

A party without cake is just a meeting.

Si les gens du monde cessaient une minute de courir plaisirs et fêtes, ils périraient aussitôt d'ennui.

如果世間的人停止一分鐘去追求快樂與節慶，
他們應該會無聊到死！

If people in this world ceased a minute to run after pleasure and parties, they would have perished from boredom immediately.

用中文烙法文

courir 哭ㄏㄧ喝
〔動詞〕奔跑、追求

ennui 翁女依
〔名詞〕厭倦、無聊

Il n'y a pas de bonne fête sans lendemain.

沒有未來就沒有好的慶典。

There's no good celebration without tomorrow.

用中文烙法文

sans 簪
［介詞］沒有、無
（等同英文的without）

lendemain 龍的慢
［名詞］次日
（也被引申為「未來」）

vie 密醫
［名詞］人生

belle 貝了
［形容詞］美麗的

La vie est la plus belle des fêtes.

人生是最美的慶典。

Life is the most beautiful festival.

Sans les cadeaux,
Noël ne serait pas Noël.

沒有禮物，聖誕節就不再是聖誕節。

Without gifts, Christmas wouldn't be Christmas.

cadeau 咖抖
[名詞] 禮物
（cadeaux則是禮物的複數，
唸法相同）

Noël 諾耶
[名詞] 聖誕節

heureux 婀喝
［形容詞］開心的、高興的

enfant 翁瘋
［名詞］孩子

Noël ne rend heureux que les enfants et les amoureux.

聖誕節是兒童與情侶們最快樂的日子。

Christmas makes only children and lovers happy.

PETIT PAPA NOËL

C'est la belle nuit de Noël	這是美麗的聖誕夜
La neige étend son manteau blanc	白雪拖著白袍覆滿大地
Et les yeux levés vers le ciel	抬起頭仰望上天
A genoux, les petits enfants	屈膝祈禱的小朋友們
Avant de fermer les paupières	在闔上眼皮之前
Font une dernière prière	做最後一次禱告吧！
Petit* papa Noël	親愛的聖誕老公公
Quand tu descendras du ciel	當你從天上降臨
Avec des jouets par milliers	帶著數不完的禮物
N'oublie pas mon petit soulier	別忘了我的小鞋子**
Mais avant de partir	但是當你出發前
Il faudra bien te couvrir	一定要穿暖一點
Dehors tu vas avoir si froid	外頭這麼冷
C'est un peu à cause de moi	不好意思，多少都是為了我

親愛的聖誕老公公

法國人的聖誕歌曲

Il me tarde tant que le jour se lève　　我等不及白天快點來到

Pour voir si tu m'as apporté　　好讓我看看你帶了什麼禮物給我

Tous les beaux joujoux que je vois en rêve　　是不是我夢中的那些

Et que je t'ai commandés　　還有我跟你許願的玩具？

Petit papa Noël　　親愛的聖誕老公公

Quand tu descendras du ciel　　當你從天上降臨

Avec des jouets par milliers　　帶著數不完的禮物

N'oublie pas mon petit soulier　　別忘了我的小鞋子

Le marchand de sable est passé　　睡眠的精靈已撒下催眠的沙

Les enfants vont faire dodo　　孩子們都要睡著了

Et tu vas pouvoir commencer　　而你即將要開始

Avec ta hotte sur le dos　　扛著你的大背袋

Au son des cloches des églises　　伴著教堂的鐘聲

Ta distribution de surprises　　挨家挨戶發送你的驚喜

Petit papa Noël

親愛的聖誕老公公

Quand tu descendras du ciel

當你從天上降臨

Avec des jouets par milliers

帶著數不完的禮物

N'oublie pas mon petit soulier

別忘了我的小鞋子

Si tu dois t'arrêter

如果你必須

Sur les toits du monde entier

在明天天亮之前

Tout ça avant demain matin

踏過全世界的屋頂

Mets-toi vite, vite en chemin

那麼請你加快腳步

Et quand tu seras sur ton beau nuage

當你在美麗的雲朵中穿梭

Viens d'abord sur notre maison

請先降臨到我家

Je n'ai pas été tous les jours bien sage

我不是每天都很乖

Mais j'en demande pardon

但是我請求你的原諒

Petit papa Noël

親愛的聖誕老公公

Quand tu descendras du ciel

當你從天上降臨

Avec des jouets par milliers

帶著數不完的禮物

N'oublie pas mon petit soulier

別忘了我的小鞋子

neige 捏舉
〔名詞〕雪

joujoux 啾啾
〔名詞〕小玩意兒

＊這裡的petit ㄆ替並不是小的意思喔！它
有點像台灣女生或小孩說疊字裝可愛的樣
子！用來表示可愛、乖乖、熱情。

＊＊跟普遍印象不一樣，法國的聖誕老公
公會把禮物放在鞋子裡而不是襪子裡。

用中文烙法文

fais 廢
[動詞] 做
（原型動詞是faire 廢喝）

kilos ㄎㄧㄌㄡ
[名詞] 公斤
（跟英文一樣，但s不發音。正式
講法為kilogramme ㄎㄧㄌㄡㄍㄇ）

Tu fais quoi pour Noël ?
— Je prends deux kilos.

你聖誕節在幹嘛？

—我胖了兩公斤。

What do you do for Christmas?
— I gain 2 kilos.

Celui qui a inventé la Noël, c'est un mec qui devait tenir un magasin.

發明聖誕節的人，以前是一家商店的老闆。

The one who invented Christmas,
it's a man who had run a store.

用中文烙法文

mec 妹可
［名詞］男人

Renren法語小百科

Noël聖誕節本身是個陽
性名詞，照文法應該說le
Noël。但這裡的la Noël
是 la fête de Noël「聖誕
時光」［英文Christmas
time 的意思］的簡稱。

用中文烙法文

avenir 啊匸婀你喝
［名詞］未來

présent 撇聳
［名詞］現在、目前、禮物

L'avenir dépend de ce que nous faisons dans le présent.

未來取決於我們現在的一舉一動。

The future depends on what we do in the present.

Cher passé, merci pour toutes ces leçons. Cher futur, je suis prête!

親愛的過去：謝謝所有的一切教訓。
親愛的未來：我準備好了！

Dear past, thank you for all these lessons.
Dear future, I'm ready!

用中文烙法文

cher 穴喝
[形容詞] 親愛的

leçon 勒聳
[名詞] 課程、教訓

L'AVENIR

Une journée
sans rire est une
journée perdue.

沒有笑聲的一天，等於浪費了一天。

圓神出版事業機構　　如何出版社 Solutions Publishing

www.booklife.com.tw　　　　　　　reader@mail.eurasian.com.tw

Happy Language　154

達令的法語小樂園：
法國人妻用彩圖與俗諺，帶你領略道地的法式生活

圖文作者／Renren
發 行 人／簡志忠
出 版 者／如何出版社有限公司
地　　址／台北市南京東路四段50號6樓之1
電　　話／（02）2579-6600 · 2579-8800 · 2570-3939
傳　　真／（02）2579-0338 · 2577-3220 · 2570-3636
總 編 輯／陳秋月
主　　編／柳怡如
專案企劃／沈蕙婷
責任編輯／張雅慧
校　　對／張雅慧 · 蔡緯蓉 · Renren
美術編輯／林韋伶
行銷企畫／陳姵蒨 · 曾宜婷
印務統籌／劉鳳剛 · 高榮祥
監　　印／高榮祥
排　　版／莊寶鈴
經 銷 商／叩應股份有限公司
郵撥帳號／18707239
法律顧問／圓神出版事業機構法律顧問　蕭雄淋律師
印　　刷／龍岡數位文化股份有限公司
2017年7月　初版

定價320元　　　　ISBN 978-986-136-491-9

法國俗諺說：幽默差不多是化了妝的怒氣。

台灣人為了表達熱情與歡迎，常會問一些無謂的問題，

但是對直來直往的法國人而言，到理髮廳問人家是不是要理髮、

到咖啡廳問人家是不是要喝咖啡等，是笨蛋才有的行為，

所以他們會用奇奇怪怪的回答來應對，

這也讓不少人感覺法國人的個性尖酸、愛損人。

實際上，他們只是對於既尖酸又諷刺的吐槽接受度很高。

—— 《達令的法語小樂園》

◆ **很喜歡這本書，很想要分享**

圓神書活網線上提供團購優惠，
或洽讀者服務部 02-2579-6600。

◆ **美好生活的提案家，期待為您服務**

圓神書活網 www.Booklife.com.tw
非會員歡迎體驗優惠，會員獨享累計福利！

國家圖書館出版品預行編目資料

達令的法語小樂園——法國人妻用彩圖與俗諺，帶你領略道地的法式生活
/ Renren作. -- 初版. -- 臺北市 : 如何，2017.07
    256 面；14.8×20.8公分 --（Happy Language；154）

    ISBN 978-986-136-491-9（平裝）
    1.法語 2.讀本
804.58   106007986